신촌의 개들

신촌의 개들

이상운
장편소설

문학동네

서

이 소설은 어떤 청춘들의 죽음에 대한 뒤늦은 애도이다. 소설이라는 말이 웅변하고 있듯이 모든 인물과 이야기는 지어낸 것이다. 혹 실제 인물과 사건을 연상시키는 어떤 것이 있더라도 순전히 우연일 뿐이다. 이 소설은 철저히 알레고리로 읽혀야 한다.

진실로 우리의 뿌리는 극장이며 자연이야말로 극장 그 자체인데 인간은 극장 그 자체로서의 이 자연에서 더이상 기대할 게 아무것도 없는 배우들이다.

_토마스 베른하르트

차례

봄날이라는 것 외에는 아무것도 특별하지 않았던 그 일요일, 나의 책 신촌의 개들이 집으로 배달되어 온 그다음날, 바흐의 첼로 선율로 온종일 내 오랜 우울을 재고 있던 나는 결국 집을 나섰다. 세상에는 두 부류의 사람들, 즉 신촌에 있는 카페 개들을 아는 자들과 모르는 자들이 있다는 옛 농담을 생각하며 버스에서 내린 나는, 이 시시한 이분법을 아는 자들이 한때는 또다른 이분법, 즉 옛날처럼 변함없이 개들을 찾는 자들과 오래전에 이미 발길을 끊은 자들을 구성했으나 이제 전자는 단 한 명도 없다고 이어서 생각했다. 세월은 흐르고, 모였던 것들은 흩어지며, 세워진 것들은 무너지고, 아름답게 담아낸 모든 음식들의 마지막 흔적은 똥이다. 삼십 년 넘게 한자리를 지킨 개들은 그 세월만으로도 이미 거부할 수 없는 치명적인 파멸의 길에 들어서 있었는데, 이 낡고 병든 카페는 오래전에 청년기를 졸업한 올드팬들이 떨어져나가면서 맹렬한 속도로 몰락해갔으며, 그 붕괴의 풍경에 어울리게 우리가 개 주인이라고 부른 카페지기 또한 끔찍하게 변해가고 있었다. 개 주인은 원래 남달리 맑고 뽀얀 얼굴의 소유자였다. 하지만 어느 때부터인가 그 맑은 나라에 누리끼리한 불청객들이 자리를 잡는다 싶더니, 그 역겨운 것들은 흘러가는 나날과 더불어 점점 더 검은색으로 변해갔으며, 그 추한 꼴을 본 최후의 극소수 옛 친구들마저 "어휴, 정말 개 같네!" 하면서 발길을 끊고 말았다. 인간은 죽어가기 시작한 다른 인간을 혐오하며 멀리하게 되어 있다고, 나는 텅 빈 카페에서 힘든 듯 주저하면서도 결코 멈추지 않고 전진하는 바흐의 첼로 선율을 따라가면서 생각하곤 했다. 자연의 잔인한 작별 의식이 시작된 것이었다. 모든 생명체의 마지막 추악한 무대가 열린 것이었다. 그것은 만인이 웃으며 들여다보는, 탄생의 밝고 따뜻한 무대와는 정반대의 무대였다. 모든 존재는 아름답게 만개한 대가로 구역질나는 추악함을 마지막 무대로 보여주어야 한다는 진리를, 마땅히 그렇게 한 다음에 가차없이 퇴장당해야 한다는 진리를, 그가 어떤 무엇을 추구하고 어떤 위대한 이상을 품었다가 이제 파멸에 이르렀는지 따위는 전혀 고려의 대상이 아니라는 진리를, 그것이 바로 자연이라는 진리를, 살아 있는 시체로 변신중인 우리의 개 주인이 웅변하고 있었다. 그는 잘 알고 있었다. 자신에게 그처럼 무자비한 무대의 막이 열렸다는 사실을 누구보다도 잘 알고 있었다. 그러나 그는 전혀 아무런 문제도 없는 양 개들을 지켰으며, 어쩌다 카페를 찾은 올드팬들은 그 살아 있는 시체의 시커먼 얼굴을 보고는 진저리를 치며 서둘러 달아났다. "도대체 왜 병원에 가지 않는 거야?" 어느 날 애통한 마음에 내가 억지를 부리자 개 주인은 나른하게 웃으며 너무나 명백한 진단을 내놓았다. "친구, 내 병은 병원이 구원해줄 수 있는 게 아니야. 내 몸은 주인에게 배신당하고 괴사중인 청춘인데 병원에 간다고 청춘이 소생할 리 없잖아. 하지만 청춘은 죽어도 청춘이니 내 손으로 이곳의 문을 닫는 일은 결코 없을 거야." 그는 자신을 찾는 옛친구가 단 한 명이라도 있는 한 끝까지 문을 열고 있겠다고, 아무리 기다려도 단 한 사람도 찾지 않을 때까지 문을 열고 있겠다고, 영원히 아무도 오지 않는 기다림의 막장에 도달할 때까지 문을 열고 있겠다고, 사람들은 다 죽고 개들만이 찾아올 때까지 문을 열고 기다리겠다고 했다. 나는 신촌 내에서도 가장 변두리에 위치한 카페 개들을 향해 한 발 한 발 무거운 발걸음을 옮겨놓았다. 일요일의 불 꺼진 골목들은 간밤의 악몽을 회상하는 얼빠진 늙은 창녀처럼 추해 보였고, 초등학교 담장을 떠받치고 있는 긴 축대는 까마득한 옛날에 버려진 이름도 없는 성벽처럼 무상했다. 나는 개발의 손길에서 밀려나 삼십 년이 넘는 세월 동안 변한 게 하나도 없는 좁은 골목으로 들어갔으며, 어두운 허공에서 희미한 불빛을 퍼뜨리고 있는 낡디낡은 간판을 보았다. 벽에다 직각으로 박은 쇠막대기에 매달린 그 직육면체 나무상자가 느릿느릿 다가가고 있는 나를 반기고 있었다. 나는 멈춰 서서 바라보았다. 그것은 먹으로 창호지에 쓴 개들이었고, 먼지 낀 유리 너머에 있는 개들이었으며, 그 안쪽의 백열전구가 비춰주는 개들이었고, 처음엔 개들이 아니라 새들로 잘못 읽었던 개들이었으며, 그다음엔 카페에 모여 있는 우리들이 아니라 카페 바깥에 있는 자들이 개들일 거라고 한참 잘못 생각했던 개들이었다. 우리는 참으로 뜨거웠으나 참으로 무지했다. 그런 우리는 개들에서 각자의 고독을 달랬고, 위안을 받았고, 자기를 알았고, 인간을 이해했으며, 죽지 않고 그 시절을 통과해갔다. 하지만 그때의 청춘들은 다 사라져버렸다. 그들은 더이상 개들을 찾지 않았다. 그들은 찾지 않을 뿐 아니라 의도적으로 기피했다. 어느 가을날 개 주인은 맥주를 마시러 들른 나에게 고자질하듯이 말했다. "그 친구들, 이젠 나를 완전히 잊어버렸나봐. 신촌에 오면 갈 데가 없어서 쓸쓸해하고 분개하고 그런다면서?" "그런가?" "왜 그 친구들은 옛날 그 자리에서 조금도 변함없이 문을 열고 있는 나를 찾지 않는 거지?" 나는 대답이 마련되어 있었다. "청춘이 중년을 생각하지 않듯이 중년은 결국 청춘을 버리게 되어 있어." 하지만 차마 그렇게 말할 수 없어서 모든 것이 십대와 이십대를 중심으로 돌아가고 있는 미성숙 취향의 한국사회를 성토하는 쪽으로 관심을 돌렸다. "우리나라에서 대학가는 이제 유흥가의 다른 이름이야. 그런데도 유흥을 제대로 알고 주머니 사정도 되는 중년이 찾아갈 만한 공간은 잔인할 정도로 없어." 내가 아는 어떤 노학자 한 분은 젊은 시절을 독일에서 보냈는데, 여든이 넘어서 다시 찾아가보니 캠퍼스도 그 주변도 변한 게 하나도 없었다고 나에게 자랑했다. "음식이 통 입에 맞지 않았어. 그나마 유일하게 먹을 만한 게 캠퍼스 앞의 조그마한 카페에서 파는 통닭이었지. 장작불에 구운 놈이었는데 소금에 절였는지 좀 짜긴 했지만 괜찮더라고." 그는 헤벌쭉 웃고 나서 이었다. "하, 그 기특한 시부랄 놈들. 그 카페가 그대로 있는 거야. 페치카 앞의 개들. 이게 그 카페 이름인데, 이 고색창연한 카페는 물론이고 내가 먹던 그 통닭 메뉴에다 내가 항상 앉았던, 입구에서 세번째 창가 자리까지 다 그대로 있더라고." 그러나 한강의 기적의 나라 대한민국 서울의 신촌에서 세월은 똥과 동의어이다. 여기서는 그 어떤 고집 센 사물이라고 한들 자기 개성을 잃고 똥처럼 균질하게 퇴락하는 데 채 십 년도 걸리지 않는다. 그러니까 바로 그 거대한 똥의 세계에서, 날마다 모든 것들이 몰개성의 균질한 똥이 되어가는 매정한 망각의 세계에서, 옛날의 그 생생하고 유일무이한 시간들을 지켜주기 위하여 카페 개들은 여전히 자기 자리를 지키고 있었다. 나는 그 가을 내내 틈만 나면 개들을 찾았다. 나는 술을 마시고 싶으면 가급적 개들로 갔다. 나는 개들로 가서 내 청춘을 만났다. 개 주인은 내가 나타나면 언제나 얘기를 해달라고 했으며, 때로는 또 무슨 얘기가 더 남아 있어서 왔느냐며 웃었는데, 그러면 시커먼 얼굴이 보기 흉하게 일그러져서 구역질을 불러일으켰다. 나에게 그는 언제나 남의 얘기를 잘 들어주는 사람, 즉 자신에게 다가오는 모든 사람들의 온갖 종류의 얘기를 다 잘 들어주는 사람이었다. 그는 자신이 경멸하고 혐오하는 인간들의 얘기도 다 잘 들어주었다. 개들이 상대를 가리면서 관계를 갖지 않듯이, 그는 어떤 차별도 두지 않고 청하기만 하면 언제나 귀를 기울여주었다. 그는 카페 개들을 찾는 이들의 청춘 그 자체였다. 내가 얘기를 할 때마다 개 주인의 얼굴은 음악을 감상하는 사람 같아졌으며, 내가 무슨 얘기를 하건 어떤 섬세한 선율을 따라가듯 추악한 시커먼 얼굴을 나에게 고정시킨 채 귀를 기울였다. 그가 원하면 나는 멈추지 않았다. 그가 원하면 나는 무슨 얘기건 들려주었다. 영원히 멈추지 않을 것 같은 바흐를 틀어놓고, 웃음이 터지는 일상 잡사로부터 욕지거리가 나오는 일상 잡사까지, 내가 나의 책 신촌의 개들에 채굴해놓은 웃음이 터지는 기억들로부터 욕지거리가 나오는 기억들에 이르기까지, 언제나 정성을 다하여 내가 아직도 청춘의 그 아이인 양, 개 주인이 아직도 그때의 그 사람인 양 쉬지 않고 조잘대며 얘기를 해주었다. 그러나 즐겁지 않았다. 추악하게 퇴락한 개 주인이 듣고 싶어해서가 아니라 바로 내가 하고 싶어서 늘어놓았던 그 시절, 말을 했다기보다는 내 속에서 말이 터져나왔다고 해야 할 그때처럼은 결코 즐겁지 않았다. 누군가가 내 이야기를 잘 들어주면, 잘 들어준다는 그것만으로도 크나큰 위안이 되는 법인데, 나는 바로 그런 기대를 가지고 갖은 굴욕을 견뎌낸 끝에 당당히 대학생이 되어 이제 처음으로 나 자신의 말을 하려고 했다. 그러나 대학에서 만난 교수들은 참을 수 없는 수다쟁이들이었다. 그들은 오로지 자기 얘기밖에 하지 않는 환자들, 남의 말은 전혀 받아들일 줄 모르고 오로지 자기 말을 뱉어낼 줄만 아는 시끄러운 확성기들이었다. 그 확성기들 중에는 이른바 메이저 신문의 인기 칼럼니스트들도 있었는데, 그들은 온갖 잘난 척하는 삶의 지침을 새벽마다 고단한 사람들의 머리맡에 배달하여 잠을 깨워놓고는 정작 자신들은 늘어지게 늦잠을 잤으며, 느지막이 학교로 나와 어린 학생들을 상대로 또다시 끝없이 지껄이기만 했다. 가만히 보니 그 말 많은 벽창호들은 청춘의 킬러들이었다. 그들은 우리 청춘이 평균적인 인간을 넘어서지 못하도록 끝없이 막고 방해했다. 그들은 우리가 자기 개성을 튼튼하게 키워서 졸업하는 것을 두려워했으며, 우리가 학교를 떠나기 전에 자기 개성을 철저히 상실하게 되기를 바랐다. 바로 그것이 지루하고 화려한 수다로 위장하고 있는 그들의 주임무였으며, 대학은 바로 그런 고학력 킬러들이 운집해 있는 곳이었다. 대학은 학문적으로 그리고 세속적으로 그리고 매우 비싼 돈을 받아 챙기면서, 우리 청춘들을 평범한 어른으로 만들기 위하여 최선을 다하는 쓸데없이 아주 체계적인 공장이었다. 대부분의 청춘들은 그 억압적인 공정에 굴복했다. 미숙한 그들은 고만고만한 교양으로 치장한 고만고만한 평균인들을 집단적으로 생산해내는 대학이라는 공장의 온갖 공정에 길들여져서 자신의 개성을 철저히 죽이고 말았다. 우리가 들어야 할 교양강의도 같은 목적에 봉사했다. 그것들은 끔찍하게 지루하고 끔찍하게 우울했다. 분에 넘치게 많은 월급을 받는 교수들이 케케묵은 단편적 지식을 식판에 배식해주고는 단답형 질문으로 가득찬 시험문제를 내서 우리를 질식시켰다. 그들은 우리가 진정한 교양을 혐오하게 만들었다. 그래서 모두들 일찌감치 킬러가 되었다. 우리는 먼저 자기 자신을 죽였고, 이어서 남아 있는 극소수 고집 센 자들을 죽였다. 우리는 냄새를 잘 맡았다. 자기를 고집하는 자가 보이면 집단으로 둘러싸고 살해해버렸다. 대학 당국에다가 엄청나게 많은 돈을 갖다 바친 대가로 우리는 뛰어난 킬러로 성장해갔다. 일주일에 세 번, 나는 코미디를 관람하러 극장을 찾았다. 그것은 신입생인 내가 선택할 수 있는 유일한 문학강의였다. 자신을 교수라는 직함보다도 선생이라고 불러달라고 한 우리의 주연배우는 강의실에 들어오면 반드시 먼저 고개를 숙여 인사하는 것으로 유명했다. 그건 나쁘지 않았다. 문제는 봐줄 만한 게 딱 그것 하나뿐이라는 데 있었다. 인사가 끝나면 칠판에 시 한 수를 적어놓고 끝없이 감탄사를 남발하는 끔찍하게 진부한 강의가 이어졌다. 그 무대는 캠퍼스의 고지대에 자리잡은 건물에서 오후에 막이 올랐다.

그래서 점심을 배불리 먹고 오르막길을 한참 걸어오느라 열이 난 선생은 공손하게 인사를 한 뒤에 옷을 좀 벗을 테니 자신의 무례를 양해해주길 바란다며 조심조심 재킷을 벗었다. 계절이 봄을 지나 여름으로 나아가기 시작하자 그 선생은 매 강의마다 한껏 예의를 차리며 재킷을 벗는 퍼포먼스를 반복했는데, 어느 날 이 너무나도 예의바른 선생이 또 재킷을 좀 벗을 테니 이해해달라고 하자 넓은 강의실 맨 뒤에 불량한 자세로 앉아 있던 장발의 수강생 하나가 버럭 소리를 질렀다. "바지도 벗어요!" 자칭 문학선생만큼이나 문학을 잘 안다는 그 청년은 한번 더 외쳤다. "바지도 벗어요!" 그래, 상의만 벗을 게 아니라 바지도 벗으란 말이다! 그러자 장차 급속히 평균적인 인간으로 훈육되어 개성을 고집하는 자들을 집단으로 학살하게 될 미래의 킬러들은 바지도 벗으라는 그 말 속에 어떤 뜻이 담겨 있는지는 조금도 생각하지 못한 채 일제히 비난성 비웃음을 흘렸으며, 그 웃음소리에 놀라서 깨어난 바보들은 눈을 동그랗게 뜨며 입가에 흘러내린 침을 닦았다. 나는 웃지도 침을 닦지도 않았다. 터져나오려는 웃음을 간신히 억누른 채 아주 사소한 표정 변화도 놓치지 않으려고 우리의 배우를 주시하고 있었다. 그러나 실망스러웠다. 때맞춰 귀머거리라도 된 것처럼 선생의 얼굴빛은 전혀 변화가 없었으며, 그렇게도 벗고 싶어한 재킷을 잘 접어 교탁 안쪽에 넣더니 살짝 미소까지 흘리면서 지난번 강의에 이어 또다시 시인 김소월의 달이 왜 그토

록 특별한 달인지에 대해서 늘어놓기 시작했다. 하지만 바지를 벗으라는 외침을 못 들은 게 아니라 단지 못 들은 척하고 넘어갔던 문학선생은 쥐새끼 첩자를 통하여 자신에게 바지를 벗으라고 외친 삐딱한 놈이 누구인지 알아내고는 몰래 연구실로 불러서 한 번만 더 그러면 용서하지 않겠다고, 대학 당국이 정당하게 보장하고 있는 자신의 모든 권한을 동원하여 치명적인 타격을 가하게 될 것이라고 일장 협박을 늘어놓는 것으로 소심한 보복을 감행했다. "조심해!" 자신의 게으름과 진부함을 형식적인 끔찍한 예의로 포장하고 있던 문학선생은 김소월의 달이 함의하고 있는 바에 대해서는 그렇게도 긴 시간 떠들어놓고서, 정작 바지도 벗으라는 수강생의 외침이 함의하고 있는 바에 대해서는 조금도 생각하지 못했다. 모든 강의와 시험이 끝나고 캠퍼스가 한여름의 열기와 적막에 뒤덮여 있던 어느 날이었다. 잃어버린 책을 찾기 위하여 문과대 강의실을 뒤지고 있던 나를 우연히 보게 된 우리의 주연배우는, 정작 본인께서는 양말과 구두를 연구실에 벗어두고 맨발에 슬리퍼를 신고 돌아다니고 있는 주제에 마치 중요한 무엇인가를 가르쳐준다는 듯이 뒤꿈치 부분을 접어서 신고 있는 내 신발을 가리켰다. "똑바로 신게!" 하! 내가 내 신발 뒤꿈치 부분을 접어서 신건 바로 신건, 내가 내 신발끈을 묶어서 신건 풀어헤쳐서 신건, 내가 내 청바지 안에 팬티를 입고 다니건 맨몸으로 다니건 선생이 무슨 상관이란 말인가. 바지는 벗지 못하고 단지 상의만을, 그것도 극도의 예의를 갖춰서, 마치 몰래 훔쳐서 숨쉬는 노예처럼, 단지 상의만을 벗을 줄 아는 사람이, 바지를 벗어보라고, 주야장천 상의만 벗을 게 아니라 바지도 벗어보라고 절규하는 스무 살 청춘을 몰래 색출하여 협박이나 하는 주제에 신발을 똑바로 신으라고? 용암이 들끓었다. 시뻘건 분노가 터져나오려고 했다. 억지로 참아야 했다. 피가 나도록 입술을 깨물어야 했다. 자칫 기절할 뻔했다. 바닥에 머리를 박을 뻔했다. 뇌출혈을 일으킬 뻔했다. 그렇게 목숨을 잃을 위험이 있음에도 불구하고 끝까지 터뜨리지 않아서 발바닥부터 머리 꼭대기까지 가득 채워진, 마그마보다도 더 시뻘건 그 분노 때문에 나는 그해 여름 내내 엄청나게 쓰라린 땀띠에 시달렸는데, 인내와 관용에서 잉태된 그 신성한 땀띠는 여름방학이 끝나고 새학기가 시작되어도 사라질 기미를 보이지 않더니 9월 하순이 되어 아침저녁으로 제법 소슬한 맛보기 가을바람이 불다 말다 하기 시작한 뒤에야 새벽별처럼 슬며시 스러져갔다. 나는 담배에 불을 붙이면서 지쳐가던 그때의 젊은 나를 생각했다. 오래된 이끼 냄새와 흙냄새를 머금은, 성벽처럼 높은 축대가 옛친구처럼 나를 맞아주었다. 나는 코를 벌름거리며 냄새나는 그 오래된 입자들을 내 허파 속 깊숙이 받아들였다. 가을이 왔지만 하나도 즐겁지 않았다. 그 가을은 아무런 수확도 없는 가을이었다. 나는 나를 죽이려고 하는 고학력 연설 기계들의 끝없는 세뇌 방송 때문에 점점 더 죽을 지경이 되어갔다. 그

때 카페 개들을 만나지 못했더라면, 어느 날 실로 우연히 그 공간에 발을 들여놓지 못했더라면, 아마도 나는 그대로 숨이 막혀서 징그러운 우리 고학력 킬러들이 기대한 대로 일찌감치 사망하고 말았을 것이다. 나는 학교 앞 거리를 되는대로 지나서 이대로 신촌을 벗어나 영원히 어디론가 떠나버려도 좋다는 심정으로 걸어가다가 문득 좁고 황량한 골목을 마주쳤는데, 높은 축대를 따라 마치 터널처럼 좁은 골목길이 쭉 뻗어 있고, 그 허공에 희끄무레한 별 같은, 내가 처음엔 새들이라고 잘못 읽었으나 곧바로 개들임을 알아차리고 웃음을 머금게 된 간판이 있었다. 나는 무엇에 홀린 사람처럼, 마치 그 카페를 찾아서 먼길을 걸어오기라도 한 것처럼, 해체한 어떤 한옥에서 뜯어와 달아놓은 듯한, 동그란 무쇠 고리가 달린 무거운 나무문을 온몸으로 밀치며 안으로 들어갔으며, 나를 반기는 오래된 가구 냄새와 은은한 조명 저편, 엘피판이 가득 꽂힌 벽을 등지고 서서 빙그레 웃고 있는 남자를 보았다. 나의 개 주인이었다. 키가 컸고 무슨 이유인지 고독해 보였으며, 사계절 내내 정장에 가까운 캐주얼 재킷을 입었던 그는 이전부터 나를 잘 알고 있었던 사람처럼, 마치 오래전부터 나를 기다리고 있었던 사람처럼, 마치 바로 그날 그 시간에 내가 자신을 찾아오리라는 걸 알고 있었던 사람처럼, 나와 눈이 마주친 순간 환한 미소로 환영의 표시를 해주었으며, 내 맞은편에 앉더니 내가 카페 개들에 처음으로 발을 들여놓은 사람이라는 자신의 판단이 맞는지 확인하고는, 개들에서는 오로지 클래식 음악만 틀며 안주는 자신이 만들어주지만 술은 냉장고에서 손님이 스스로 가져다 먹는 게 원칙이라고 했다. 그렇게 해서 일곱 명이 앉을 수 있는 바와 네 명이 앉을 수 있는 탁자 다섯 개 그리고 대여섯 명이 신발을 벗고 올라가 밥상을 펴고 둘러앉을 수 있으며 개 주인의 침실이기도 한 온돌방이 있는 카페 개들은 나에게 청춘과 동의어가 되었다. 나는 기억하고 있는데, 카페는 길들이려 하는 자들에게 한창 저항하고 있는 자들과 그런 청춘으로 가장하고 있는 이미 길들여진 노예들 그리고 순전히 뭔가 하고 있다는 분위기로만 똘똘 뭉친 아무것도 아닌 우스꽝스러운 자들이 뒤섞인 가설극장이었다. 대개 문학이나 철학 등의 인문학 그리고 미술과 음악 등 예술을 전공하는 대학생들과 연극에 종사하거나 독립영화를 지향하는 사람들 그리고 제대로 된 학문을 하겠다고 큰소리치는 대학원생들과 젊은 신참 교수들이 들락거렸다. 그들은 어떤 소재로 어떤 얘기를 나누건 모두가 일상적 안위를 최우선에 두는 소시민적 삶에 대한 거부감을 드러냄으로써, 카페에 모인 자신들이 아니라 카페 밖에 있는 사람들이 개들이라고 주장했는데, 그들은 모두가 안정된 월급과 아파트와 자동차 그리고 어디에 내놓아도 꿀릴 것 없는 배우자와 공부 잘하는 자식들을 한 세트로 하는 속물적인 행복 추구를 거부한다고 믿고 있었으며, 바로 그래서 카페에 모인 그들이 아니라 카페 바깥에 있는 자들이 개들이었다.

자신들의 미래를 전혀 몰랐던 그들은 바로 그 무지 때문에, 교양을 원하되 부담스러운 수준은 즉각 사양하면서 먹고 마시고 가꾸는 데는 최선을 다하기 때문에 언제나 진짜 교양인들보다도 훨씬 더 교양이 있어 보이는 때깔 좋은 돼지들을 마음껏 경멸할 수 있었는데, 창조적인 삶을 선택한 자신들은 무의미한 습관적 일상을 겸손과 소박으로 포장하고 있는 소시민주의의 틀을 죽을 때까지 깨부술 것인바, 그렇게 하지 못하는 때가 되면 그 즉시 죽을 것이라고 선언하곤 했다. 개 주인은 바로 그렇게 허영심과 자기 망상으로 범벅이 된 그들의 든든한 후원자, 세월과 더불어 거의 모두가 자기 자신을 배신하게 되며, 이제는 자신들에게 그런 청춘 시절이 있었다는 사실조차도 기억하지 못하는 잠재적 속물들의 든든한 후원자였다. 그들은 모든 것을 숙성시켜서 마침내 똥처럼 만들어버리는 세월과 더불어 자신들이 거부한다고 착각했거나 혹은 속인 바로 그 소시민주의적인 삶을 누구보다 더 철저히 더 우수하게 추구하는 전문가들로 거듭났으며, 시인과 화가를 꿈꾸면서 자신들에게 그런 꿈이 있다는 그 사실만을 근거로 무수한 사람들을 개라고 욕했으면서도 일 년에 단 한 권의 시집도 사보지 않고, 미술전시회 같은 데는 전혀 가보지 않으면서 조금도 불편함을 느끼지 못하는 튼튼한 영혼으로 거듭났다. 그것은 명백히 자연의 선물인 세월의 지혜를 습득한 결과라고 해야 할 것이고, 바로 그렇게 모든 사람들에게 세월이 무료로 제공하는 지혜로 인하여 우리들 청춘의 동의어인 개 주인은 살아 있는 추악한 시체가 되어 쓸쓸한 망각의 늪으로 가라앉고 있었다. 나의 아버지가 자신의 아버지보다 조금 더 잘살고 그래서 내가 자신보다 용돈을 조금 더 많이 타서 쓴다는 사실을 근거로, 내가 결국에는 나태한 소시민의 삶을 살게 될 거라고 공격적으로 예언하기를 즐겼던, 언제나 통기타를 둘러메고 다니면서 시도 쓰고 그림도 그리고 가수까지 넘보았던 한 잡탕 견습생은, 세월이 무상으로 주는 지혜의 도움으로 시와 그림과 음악을 만드는 자가 아니라 그것들을 무차별적으로 논평하는 자로 변신하더니, 자기 이름을 남길 수 있는 곳이면 가리지 않고, 마치 멈추어 앉는 곳마다 똥을 남기는 파리처럼 사방에 고함을 쳤으며, 그 화려한 이력을 이용하여 대학에 자리를 잡았는데, 세월의 지혜를 뒤집어쓴 그는 대학에 자리를 잡자마자 갑자기 논평과 논문은 다른 것이라는 논리를 펴면서, 일이 년에 한두 편의 논문만 쓰는 것으로 족한 줄 알고 유유자적하는 자칭 선비로 거듭났으니, 아마도 그는 자신이 카페 개들에서 선배와 후배를 그리고 여자와 남자를 가릴 것 없이 밤마다 붙잡고는, 입만 열면 오늘날의 자신처럼 거의 습관만으로 매일매일 살아가는 흐리멍덩한 중년을 통렬하게 비난하고 조롱했다는 사실을 기억도 하지 못할 것이다. 나는 내가 맥주 두 병과 잔 두 개 그리고 병따개를 가져다놓았고 이어서 개 주인이 살짝 구운 대구포를 들고 오던 그 장면을 오래된 축대 위에 그림처럼 떠올려보았다. 그는 주문받은 안주를 만들기 위해 잠깐 자리를 떠야 할 때를 빼곤 내내 나와 함께 잔을 기울여주었는데, 그때마다 나는 나의 개성을 죽이려고 하는, 가능한 한 빨리 죽이려고 하는, 가급적이면 졸업 전에 확실히 죽이려고 하는, 그래서 나를 겸손과 소박으로 포장한 순응적인 겁쟁이로 완전히 길들여버리려고 끝없이 지껄이기만 하는, 내가 보기엔 하는 일에 비해서 터무니없이 많은 월급을 받아먹고 있는 교수 확성기들에게 짓눌려 있던 나의 언어를 분수처럼 토해냈다. 나는 십대의 성장과정을 국정교과서 보조용 학습지의 진도만큼으로도 생각하지 못하는 초중고 선생들과 부모들의 번지르르한 언어를 공격했으며, 그들이 말한 성장의 드라마는 온통 무지와 기만으로 꾸며낸 신기루에 지나지 않는다고 언성을 높였고, 오래전에 이미 성장이 멈추어버린 그들은 자신들의 퇴락을 감추기 위하여 우리가 품는 모든 의문을 대학으로 떠넘겨버리는 것도 모자라 마치 대학이 유토피아라도 되는 것처럼 떠듦으로써 우리가 눈앞의 현실에 눈뜨지 못하도록 철저히 가로막았다고 분노하여 성토했다. 정신으로 보자면 살아있는 시체라고 불러도 그리 억울할 게 없을 그 거짓말쟁이들이 떠민 대로 대학에 들어와보니 아무것도 없었다. 유토피아 따위가 없음은 물론 마음에 와닿는 벅찬 강의 하나조차도 없는 황무지였는데, 말할 것도 없이 내가 그렇게 절망한 것은 전적으로 내가 아직 터무니없이 미숙한 바보 멍텅구리였기 때문이었다. 원래 아무것도 없는 것이 인생이라는 사실을, 결국에는 티끌조차도 없는 것이 인생이라는 사실을, 그때의 무지한 나는 조금도 깨닫지 못하고 있었기 때문에, 단지 그 무지한 거짓말쟁이들을 성토할 줄만 알고, 그들이 얼마나 우스꽝스럽고 가련한 존재들인지는 아직 알아차리지 못하고 있었다. 언제나 현재를 살 수밖에 없는 인간들은 영원한 시간을 절대로 붙잡을 수 없어서, 늘 다음에 희망을 걸고 때로 절대화하지만, 그것은 안쓰러운 위로일 뿐, 인간에게는 다음도 없고 이전도 없으니, 오직 무궁무진한 영원의 티끌들인 끝없는 현재만이 있을 뿐이며, 이러한 현재의 수인으로서 인간은 이다음도 이전도 스스로 알고 만들지 못하는 근원적인 무능력으로 인하여, 결국에는 파멸하게 되어 있는 우스꽝스럽고 가련한 존재들일 뿐이라는 사실을 나는 아직 몰랐다. 나는 카페 앞의 눅눅한 축대를 향하여 길게 담배연기를 뿜어내면서, 나 또한 그렇게 우습고 가련한 한 존재로서 늦은 오후 첫 손님으로 카페에 입장하여 새벽에 문을 닫을 때 마지막 손님으로 카페를 나서는 바보짓을 사흘 연속으로 했다고 생각했다. 뜨거운 술과 함께 들이마신 차가운 새벽바람이 내 몸에 병을 일으켰다. 나는 열이 펄펄 끓는 몸을 이끌고 간신히 오전 강의 한 시간만 듣고 자취방으로 돌아왔으며, 바로 이불을 덮어쓰고 덜덜 떨기 시작하여 물을 마시고 용변을 볼 때만 빼곤 사흘 내내 누워 있었다. 어느 때부터인가 꿈과 현실이 뒤섞이기 시작했다. 내가 죽어 있는지 살아 있는지 알 수 없는 지경이 되어갔다. 벽 너머 골목길을 오가는 사람들의 발소리가 들려왔다. 주인집 마당에서 노는 아이들의 웃음소리도 들려왔다. 트럭 행상 아저씨들의 외침소리도 뒤따랐다. 마구 뒤섞인 그것들이 내 정신의 밖에서 들려오는 소리인지, 내가 이미 들은 것을 내 머리가 생각하고 있을 뿐인 것인지, 혹은 내가 내 꿈속에서 듣고 있는 것인지 도통 구분이 되지 않았다. 나는 안과 밖이 구분되지 않는 정신을 가지고 죽음의 시간을 생각했으며, 내 차례가 되어 죽음의 때가 오면 지금처럼 그때도 내 정신의 안과 밖이 구분되지 않은 채 마치 신생아의 정신과 같은 카오스 상태로 퇴행해가다가 마침내는 아무것도 아닌 게 되어버리겠구나 생각하며 전율했다. 가슴이 주저앉는 공포감이 엄습했다. 어린 시절 여름밤마다 마당의 평상에 드러누워 지칠 때까지 쳐다보았던 별들이 갑자기 떠오르면서 형언할 수 없이 사무치는 고독감이 나를 휘감았다. 어린 시절에는 그지없이 기쁜 마음으로 쳐다보았던 그 아름다운 별들이, 이제는 우주의 암흑과 침묵으로 나를 뒤흔들면서 나를 그지없이 고독하게 만들어놓았다. 도저히 믿을 수 없을 정도로 많은 그 어마어마한 별들이 더이상 아름답게 느껴지지 않았고, 아득한 공포감과 절망감 그리고 이 우주는 나에게 아무런 관심도 없다는 절대적인 단절감만을 안겨주었다. 한밤중에 잠이 깨어 밤하늘엔 지금도 별이 한창이겠지 생각하며 다시 잠이 오기를 기다릴 때마다, 나는 마치 방랑자처럼 신촌의 밤거리를 되는대로 걸어가다가 터널 같은 축대 통로에서 발견했던, 내가 새들이라고 잘못 읽고 이어서 개들임을 알고는 웃음을 머금었으며, 안으로 들어가면서부터는 모든 것들이 마음에 들었던 밤의 시간을 떠올렸다. 그곳을, 끝없이 흐르는 음악과 담배연기와 내가 알지 못하는 남자들과 여자들이 떠드는 왁자지껄한 소리를, 무엇보다도 다정하게 내 얘기에 귀를 기울여주던 개 주인을 유토피아처럼 그리워하면서 나는 내가 틀림없이 죽어가고 있다고 생각했다. 만약 그때 내가 죽었더라면, 필시 그것은 그것대로 또한 나쁘지 않았을 것이다. 하지만 나는 아픔을 이겨내고 살아남았다. 나는 대중탕의 첫번째 손님으로 목욕을 한 뒤 아침 일찍 학교 앞 시장에서 해장국을 먹었다. 그리고 심심한 몇 개의 강의를 들은 뒤에는 학생식당에서 점심까지 먹었다. 그리고 가을이 익어가는 캠퍼스의 풍광을 카메라에 담는 선배들을 졸졸 따라다녔다. 그리고 해가 기울 때까지 도서관에서 쇼펜하우어를 읽으며 시간을 보냈다. 나는 내내 카페 개들을 생각했다. 사막에서 오아시스를 그리워하듯 그 공간을 생각했다. 하지만 나는 환영받지 못했다. 아니 나는 환영받았다. 그곳은 변함없는 오아시스였다. 그러나 내가 마시고 싶은 물은 한 방울도 없었다. 밤하늘의 별들을 잃어버린 나는 극도로 예민해져 있었다. 나는 개 주인이 정체불명의 세 여자와 함께 저녁을 먹으면서, 텔레비전의 바보 같은 일일연속극 얘기에 푹 빠져 있는 광경에 충격을 받았다. 고열에 시달리면서 죽음의 공포에 휩싸인 채 고독감에 몸부림치며 그리워했던 개들이 바보 같은 일일 연속극을 찬양하는 살롱이 되어 있다니 배신감을 느끼지 않을 수가 없었다. 나는 외톨이 개가 되어 잠자코 술을 마셨다. 개 주인이 인상 좋은 이십대 중반의 세 여자를 나에게 소개해주었으나 나는 웃지 않는 얼굴로 가볍게 목례만 하고 외면해버렸다. 나는 안주도 없이 천천히 소주 한 병을 비우며 세 명의 여자와 떠들고 웃느라 여념이 없는 개 주인을 증오했다. 나는 인사도 하지 않고 카페를 떠나버렸다. 터널에 회색 어둠이 고여 있었다. 나는 반대 방향으로 걸어갔다. 조촐한 주택가의 가게에서 막걸리 한 통을 사서 가방에 넣었다. 자동차들이 질주하는 대로변에 붙어 섰을 때 한 가지 생각이 떠올랐다. 나는 기다렸다. 멀리 신호등이 바뀌고 멈춰 있던 차들이 다시 질주하기 시작했을 때 나는 차도로 뛰어들었다. 나는 건너편 대학 담장을 향하여 달리기 시작했다. 나는 내 몸이 낼 수 있는 최대한의 속도로 넓은 도로를 횡단했다. 나는 죽지 않았다. 나는 쓰나미처럼 밀려오는 공포를 새처럼 날아 벗어났다. 그 바보들은 자신들을 희롱하는 나를 잡아먹지 못했다. 그 악마의 기계 뭉치들은 내 옷깃조차 스치지 못했다. 잇달아 창을 열고 자신들의 공포심을 토해냈다. "야 이 새끼야! 죽고 싶어?" 나는 그들을 향해 크게 한 번 웃어주고 담을 넘어 학교 안으로 들어갔다. 그리고 텅 빈 운동장 한가운데에서 막걸리를 마시고 드러누웠다. 별들을 보았다. 어린 시절 그때는 나를 마냥 행복하게 해주었으나 이제는 나를 불안에 떨게 하고 전율하게 하는 그 별들을, 어린 내가 미처 눈치채지 못했던 어떤 신호를 그들이 보내고 있는 건 아닐까 상상하면서 오랫동안 쳐다보았다. 소득이 없었다. 나는 일어섰다. 자취방을 향해 걸어갔다. 큰 골목길을 한참 걷고 작은 골목길을 또 한참 걸었다. 승용차 한 대가 별들로부터 아무것도 얻지 못한 내 초라한 귀가 행로의 아주 작은 골목길 초입을 가로막고 있었다. 나는 그놈에게 내 실존적 분노를 폭발시키는 것으로 그날을 마감하기로 했다. 나는 차를 그렇게 대놓고도 집에서 편히 자고 있을 주인을, 시멘트 담에 청바지가 긁히면서 겨우 지나갈 수 있을 정도의 여유밖에 없는 길을 독점하고 있는 그 욕심쟁이를, 별들의 침묵에 대해서 나에게 아무것도 얘기해줄 게 없을 그 자가용을 가진 어른을 응징하기 위하여, 시멘트 담에 엉덩이가 긁히는 고통을 감내한 나를 마지막 관문처럼 막아선 백미러를 두 손으로 힘껏 비틀어 뽑아서는, 먹을 생각은 없고 뽑히나 안 뽑히나 순전히 재미로 뽑아본 길가 무밭의 무처럼 어두운 곳으로 내던져버렸다. 비가 내리고 바람이 불었다. 잠깐 해가 나고 또 비가 내리고 바람이 불었다. 그렇게 열흘이 지나갔다. 열번째 밤이 지나고 아침이 되자 캠퍼스의 모든 은행나무들이 자신의 노란 잎들을 떨어뜨리기 시작했다. 나는 차들이 질주하는 도로를 무단으로 건너고 자동차 백미러를 잡아 뽑는 어리석은 행동을 몇 번 더 했다. 그러면서 내 정신 상태가 참으로 유치찬란하다는 사실을 깨닫고 헛웃음을 웃었으며, 내 귀에 들려오는 내가 내는 그 웃음소리를 음미하며 개 주인과 카페 개들을 다시 내 마음에 받아들였다. 나는 세상의 어떤 존재도 나의 소유물이 아니며 따라서 우리가 아무리 친밀해진다고 해도 서로는 각자로서 결코 하나가 될 수 없다는 것을 인정했다. 하나가 될 수 있다는 생각은 정신병자나 하는 것으로, 정신병자가 아니라면 뭔가 꿍꿍이속이 있는 비열한 사기꾼이나 그렇게 주장할 것이다. 나는 내 어리고 어리석은 마음을 활짝 열고, 날마다 카페에 모여드는 잘난 척하는 온갖 군상을, 세월이 공짜로 주는 지혜의 덕으로 결국에는 자기 자신을 등지고 뛰어난 소시민으로 거듭나게 되는 온갖 군상을 나의 탐구 대상으로 삼아 최대한 객관적으로 보려고 애썼으며, 그 지루한 노고를 통하여 객관적으로 보기 위해서는 우리의 주관이 만들어놓은 환상에 철저히 배신당해야 하지만 우리는 환상을 현실이라고 끝까지 믿으려고 하는 나약한 존재이기 때문에 자신의 환상에 철저히 배신당하는 것은 대단히 어려운 일이라는 걸 알게 되었다. 나는 인간이라면 누구나 덮어쓰고 있는, 인간의 역사만큼이나 오래된 바보의 껍질을 뱀허물 벗듯 하나씩 벗어나갔다. 카페 개들은 하나둘 사람들이 오기 시작하는 매일 밤이면 술과 음악과 다양한 대화로 구성된 전무후무한 가설무대가 되었으며, 그 무대의 배우들로서 우리는 저마다 세상에 대한 분노와 자기과시와 엉뚱한 다짐과 허영을 내뿜으면서 밤이 깊어갈수록 점점 더 미궁으로 빠지는 듯이 보이는 각자의 터널을 통과해갔다. 언제나 막이 내려왔고 결국에는 모두가 떠나갔지만 개 주인은 누가 언제 다시 나타나 함께 술을 마시자고 청해도 거절하는 법이 없었으며, 자신의 몸을 철저히 가두는 반복적인 단조로운 형식으로 저 공허한 시간을 다스리는 수도자들처럼 어김없이 우리를 반겨주었다. 그는 간밤에 과음한 티가 팍팍 날 정도로 괴로워 보이는 경우에도 우리가 함께 마시자고 청하면 거절하는 법이 없었는데, 우리는 우리가 혼자이고 함께 술을 마실 상대가 필요하며 우리가 우리의 돈을 내고 술을 마신다는 이유만으로, 간밤의 과음으로 괴로운 티가 팍팍 나는 개 주인을 우리의 대작 상대로 이용해먹는 이기적인 행동을 서슴지 않았다. 우리는 오로지 우리 자신의 행복을 취하기 위하여 형편없이 지친 개 주인의 간과 뇌는 조금도 배려해주지 않았으며, 배려는커녕 더더욱 혹사시키기를 조금도 주저하지 않았다. 그의 간과 뇌가 나날이 파괴되어 마치 똥이 굳어가듯이 딱딱해져가든 말든, 함께 술을 마실 상대가 필요했던 우리는 그런 것에 대해서는 조금도 관심이 없었다. 개 주인은 어떤 종류의 남자도 거부하지 않고 받아들이기로 작정한 마음 넓은 창녀 같았다. 그는 극우적인 인간도 극좌적인 인간도 공짜로 술을 마시고 싶어하는 인간도 간신배도 전혀 외면하지 않았는데, 바로 그 때문에 때로 그에게서 받은 친절과 관용의 누적된 크기를 감당하지 못하게 된 사람들로부터 어느 날 느닷없이 위선자로 공격받고 욕을 먹는 봉변을 당해야 했다. 자신이 잘못을 저지른 사람에 대해서 자신의 무능으로 인하여 그 죄과를 치를 기회를 갖지 못하게 되면, 바로 그 이유 때문에 자신이 잘못을 저지른 그 사람을 증오하게 되는 참으로 비겁한 존재가 인간이다. 개 주인에 대해서 떠도는 많은 얘기들이 있었지만 모두가 다 바람 속의 먼지처럼 부질없는 것이었다. 까마득히 세월이 흘러서 이제 인간의 옷을 걸치고 있으나 아무도 찾지 않는 살아 있는 시체가 된 그 자신이 그 점을 극명하게 증명해주고 있었다. 소문에 의하면 그는 우리가 상상하기 힘든 수준의 부자이자 정보기관의 음흉한 끄나풀이었으며 또한 천애고아이자 재벌의 사생아이거나 어떤 유명한 화가와 유명한 시인 사이에 태어나 하루 만에 버려진 가련한 존재였지만, 나에게 그는 자기 인생을 살아보려고 버둥대는 청춘이라면 조금도 차별 없이, 그가 가짜건 진짜건 개건 사람이건 가리지 않고 보듬어 안아주었던 눈먼 후원자이자 친구였다가 자신이 후원한 바로 그 개들로부터 배신당한 희생자였다. 어느 날부터인가 나는 카페 개들의 바에 홀로 앉아 술을 마실 때면 늘, 문소리가 들릴 때마다 개가 들어오나 사람이 들어오나 돌아보곤 했는데, 마흔을 앞두고 있던 어느 날 밤 역시 그처럼 바에 걸터앉아 문이 열리고 개든 사람이든 들어오기를 기다리고 있는 나에게 엘피판을 정리하던 개 주인이 독백처럼 말했다. "이 세상을 만든 신이라는 존재가 있고 네가 그 신이라면 어떨 것 같아?" 그 질문에 대해서라면 나는 누가 언제 묻건 즉각 들려줄 똑같은 대답이 마련되어 있었다. "그런 존재가 있는진 모르겠지만 있다고 해도 그가 지금까지 한 번이라도 뭔가를 했다고 생각되지 않으며 앞으로도 아무것도 하지 않을 거야, 아마." 내가 이렇게 말하자 그는 내 말에는 별다른 감정을 내보이지 않고 자신은 결코 신이고 싶지 않다고 했다. "이 세상의 끊이지 않는 비탄이 내 가슴을 찢어놓을 테니까! 멍멍!" 그렇게 덧붙이며 개 주인은 모차르트의 장난스러운 호른 선율의 한 소절을 연상시키는 짓궂은 미소를 지어 보였다. "멍멍!" 나는 참으로 그렇다고 동의해주었다. 그리고 집에 와서 가만히 생각해보니, 카페에서 그가 한 말은 내가 한창 개들을 이용하던 이십대에 탐독한 쇼펜하우어를 인용한 것이었다. 나는 처음엔 그가 표절을 한 것이라고 생각했고, 이어서는 옛날에 읽었던 것을 잊어버리고 말한 것이라고 고쳐 생각했으나, 아무래도 찝찝한 마음을 떨칠 수 없어 다시 만나게 되면 그에게 물어봐야겠다고 생각을 바꾸었는데, 그렇게 마음을 고친 바로 다음 순간에야, 카페 개들에서 처음으로 술을 마신 날 내가 그에게 쇼펜하우어라는 출전을 밝히지 않은 채 내 생각인 양 떠들었던 것이라는 사실을 깨달았다. 그것으로 그가 나에게 "멍멍!" 하고 짖은 이유가 밝혀졌으며, 나는 전혀 부끄러워하지 않고 통쾌하게 하하하 웃었다. 내 입에서 나온 뽀얀 담배연기가 검은 허공에 걸린 개들의 노란 불빛을 향하여 날아가고 있었다. 나는 내가 겪은 것만으로도 얼마나 많은 시간이 흘렀나 하는 생각에 아득함을 느꼈으며, 책상 앞에 앉아서 장시간 쇼펜하우어를 읽어본 지도 참으로 오래되었다는 생각에 또 다른 아득함을 느꼈다. 오래된 축대와 낡은 건물 사이의 좁은 골목만큼이나 좁게 흐르고 있는 하늘을 올려다보면서 나는 눅눅한 흙냄새와 곰팡이 냄새 그리고 어디선가 끼어든 음식 냄새와 자동차 소리와 해가 저문 지 오래되었는데도 학교 운동장에서 놀고 있는 아이들의 외침소리 따위가 한데 어우러진, 극히 현실적이면서 너무나 비현실적인 세계에 한참 잠겨 있었다. 다해씨가 보고 싶었다. 나는 휴대폰을 꺼냈다. 다해씨는 오늘 같은 밤, 카페 개들에서 정말로 만나고 싶은 단 한 명의 그리운 존재였다. 그러나 나는 그녀에게 연락하지 못했다. 대신, 나를 속물 은둔 작가라고 참으로 적절하게 불러주는 두 명의 문사, 즉 내는 작품마다 날개 돋친 듯 팔려나가는 베스트셀러 통속 동화작가 김가와, 스스로 전위적인 시를 쓴다고 주장하고 또 극소수 똑똑한 평자들로부터 그렇게 인정받고 있는 공무원 전위시인 박가에게 문자를 보냈다. 그런 다음 안으로 들어가려고 몸을 움직였으나 내 뜻을 거스르며 내 몸이 멈칫했다. 나는 지난해 가을 개 주인과 함께 낙엽을 긁어모아 모닥불을 피웠던 자리를, 불에 그슬린 희미한 검은 흔적이 아직도 남아 있는 시멘트 바닥을 살피며 시간을 끌었다. 한참이나 머뭇거리며 서 있었다. 그러고 나서야 아픈 어깨로 힘차게 문을 밀치고 안으로 들어갔다. 모차르트를 연주하는 클라리넷 선율이 흐르고 온갖 낡은 것들의 냄새가 가득한 가운데, 싸구려 이불에 덮인 살아 있는 시체 한 구가 오랜 세월 그의 침대였던 온돌 위에 누워 있었다. 나는 바 안쪽 선반에서 로스트로포비치가 연주하는 바흐의 무반주 첼로곡 모음 시디를 찾아서 바꿨다. 그것은 개 주인이 오래전에 만들어놓은 시디였는데, 그는 수시로 판을 뒤집고 바꿔줘야 하는 불편에서 놓여나기 위하여 자기가 특히 좋아하는 엘피판의 십분의 일쯤을 시디로 옮겨놓았다. 나는 음료수 냉장고에서 맥주를 꺼내고 음식 냉장고에서 대구포와 땅콩을 꺼냈다. 그리고 우리 살아 있는 시체의 얼굴이 정면으로 보이는 탁자에 자리를 잡았다. 그러자 기다렸다는 듯 낮고 긴 바흐의 종결부가 터져나와 내 마음을 흔들어놓았다. 나는 첫잔을 따라서 한 잔 쭉 들이켰다. 그리고 신촌의 개들을 쓰면서 늘 함께했던 바흐의 첼로 선율에, 그 우울하지만 조금도 굴하지 않는 강인한 의지에 내 정신을 실으며 담배에 불을 붙였다. 나는 나의 살아 있는 시체를 보았다. 그는 식은땀을 흘렸고, 콧구멍과 목구멍으로 약한 쇳소리를 내고 있었다. "친구, 나의 새책을 몇 페이지 읽어주고 싶은데 이렇게 시체가 되어 있으니 그럴 맛이 안 나는군." 시체는 말이 없었고 나는 연거푸 술잔을 비웠다. 한 시간이 지나자 취기와 바흐와 이불을 덮은 해골이 뒤섞여 내 머리의 안팎을 환상적인 밤으로 만들어놓았다. 나는 나의 책을 펼쳤다. 봄날이라는 것 외에는 아무것도 특별하지 않았던 그 일요일, 하고 나는 읽었다. 세월은 흐르고, 모였던 것들은 흩어지며, 세워진 것들은 무너지고, 아름답게 담아낸 모든 음식들의 마지막 흔적은 똥이다. 시체는 계속 말이 없었다. 나는 카페로 들어오기 전에 문자를 보낸 두 친구를 생각했다. 둘에게도 개 주인은 제각각 그들의 청춘이었다. 우리는 각자 군대에 가 있거나 다른 일들로 서울을 떠나 있을 때를 제외하고는 거의 이십대 시절 내내 출근하듯이 카페에 모여서 무대를 열곤 했다. 사전 약속도 없이 만나고 헤어지고 대화를 나눴으며, 각자가 관찰한 바에 따라 카페 바깥에 있는 모든 종류의 개들을 무차별적으로 비난하고 조롱하며 우리 자신을 이해해갔다. 우리가 조롱한 대표 주자는 단연 정치인들이었다. 그러나 그보다 더 중요한 먹잇감이 있었다. 그들은 바로 어리석은 정치인들을 맹비난하면서도 그 자신이 그 정치인들보다 훨씬 더 정치적으로 구는 어리석은 자들이었다. 이들은 오로지 자기 자신에게만 장님인 이상한 눈을 가지고 있었다. 그런 자기 배신적 인간들은 어느 분야에나 가득했다. 신촌의 캠퍼스에 둥지를 틀고 있는 학자들의 경우도 예외가 아니었다. 그들은 자기 자신을 마치 남을 보듯 하거나 안 보이는 척하는 자기 분열과 장님 연기에서 타의 추종을 불허하는 전문가들이었다. 학문과 삶을, 특히 그가 탐구한 학문적 진실과 그 자신의 사생활을 철저히 전문적으로 분리함으로써, 그들은 인간이라면 누구나 그럴 수밖에 없는 저

분열적 기만의 최상위 그룹에 속하는 우수한 배우들이었다. 장차 베스트셀러 통속 동화작가와 공무원 전위시인 그리고 속물 은둔작가로 거듭나는 김가와 박가와 나는, 인간과 세상에 대해서 끝없이 관찰하고 토론했으며 더불어 쉬지 않고 책을 읽고 대화를 하면서 우리가 적을 두었던 대학 캠퍼스의 그 사기꾼 학자들이 채워주지 못하는 우울한 허기를 달랬다. 그들은 자신들이 학문적으로 탐구한 진실을 자기 삶에는 적용하려 하지 않는다는 점에서 사기꾼들이었을 뿐 아니라, 김가와 박가와 나와 같은 청년들이 조금도 이의를 제기하지 않고 공손하게 머리 숙여 경청하기를 강박적으로 기대했다는 점에서 정신병자들이기도 했다. 어떤 자칭 지식인들은 청춘기에 반항적인 아웃사이더가 되는 것은 선택의 문제가 아니라 엄중한 의무라고 선동하여 많은 친구들이 가시밭길을 가게 만들어놓더니, 정작 자신들은 밥상이라는 밥상에는 무조건 끼고 보는 간장종지처럼 상하좌우 구별 없이 발을 담가 이익을 챙기는 신자유주의적 마당발 변태가 되어 잘 먹고 잘살았다. 어떤 종류의 신뢰와 권위에 대해서 반론을 펼치고 그것을 의심하고 가끔씩 거기서 벗어남으로써 쾌감을 느끼는 것은 인간의, 특히 청춘의 건강한 정신활동에 속하는 것으로서, 돌처럼 혹은 오래된 똥처럼 굳어 있는 권위를 온순하게 따르는 것이야말로 정신이 건강하지 못하고 병들었다는 증거일 것이니, 카페 개들에서의 매일 밤이 우리 세 사람에게는 정신병에 걸리거나 혹은 젊은 변태가 되지 않기 위하여, 정신병자들에게 속아서 겸손으로 포장된 순응주의에 넘어가지 않기 위하여, 그 많은 유명한 변태들에게 속아서 추악한 젊은 변태가 되지 않기 위하여 벌이는 탈선의 무대였다. 우리의 무대에는 언제나 각본이 없었다. 그래서 언제나 즐거웠던 것은 아니었다. 그렇지만 적어도 우리가 남들이 하는 말만을 앵무새처럼 흉내내는 바보가 되지 않게는 해주었다. 우리가 바란 것은 단 한 가지였다. 그것은 바로 인간을 이해하고 싶다는 것이었다. 때로 시간이 잘 흐르지 않는 것 같고 무대에 올릴 사상도 사건도 빈곤하여 한숨이 절로 나올 때면 일부러 격한 논쟁을 벌여 셋 중의 두 사람이 나머지 한 사람의 패배를 선언하고 그에게 벌칙을 가하는 놀이를 하기도 했다. 우리는 그것을 시베리아 유형이라고 불렀다. 패배한 사람은 즉시 카페를 떠났다. 그는 한 시간 동안 무엇이든 집중적으로 관찰하고 돌아와서 무기력하게 늘어져 있는 둘에게 그것에 대해 들려주어야 했다. 텅 빈 교회로 들어가 통곡하는 몇몇 신도들을 집요하게 관찰하거나, 혹은 잘 꾸며진 지하 레스토랑에서 웨이터 한 사람을 선택하여 역시 집요하게 관찰하는 일은 그 자체만으로도 흥미로웠으며, 관찰한 바를 바탕으로 그 대상에 대해 해석하고 상상하여 이야기하는 것은 최고의 인간 수업이었다. 어느 겨울밤에는 내가 쫓겨났다. 버스정류장 근처 노점상을 관찰하기로 하고 골목을 지나가던 나는 생선 꾸러미 하나를 팔에 걸친 채 주변을 두리번거리고 있는 마흔쯤 되어 보이는 남자를 발견했다. 행색이 호기심을 유발하여 뒤를 밟아보니 사내는 어떤 카페의 문을 밀고 들어갔다가 내가 궁금하여 안으로 들어가볼까 말까 잠시 망설인 수십 초 사이에 젊은 여주인으로부터 모욕적으로 쫓겨나왔다. 나는 그 모습을 보고서야 그가 생선을 팔려고 돌아다니고 있다는 걸 알게 되었다. 골목으로 나온 그는 좌우를 잠깐 살피더니 다시 방향을 잡고 수십 미터 걸어 또다른 카페로 들어갔다가 역시 수십 초 만에 쫓겨나왔다. 한눈에도 촌사람으로 보이는 사내는 쑥스러워하고 미안해하는 웃음을 지으며 카페 주인에게 떠밀려나와서는 우울한 얼굴로 다시 좌우를 살피는가 싶더니 또다른 카페를 찾아들어갔다가 또 쫓겨나왔다. 왜 그나마 잘 걸리면 생선을 구입해줄 법도 한 식당 같은 데는 들어가지 않고 아무도 사주지 않을 게 틀림없는 카페를 찾아가는지 이해가 되지 않아 한편으로는 우스꽝스럽고 한편으로는 불쌍하기도 하고 또 한편으로는 미련하다는 생각이 드는 등 내 마음은 몇 갈래로 나뉘어 복잡했는데, 그가 담배를 빼어물고 불을 붙여서 허공으로 연기를 길게 뿜어내는 걸 보고는 불쌍한 감정이 증폭되어 그에게 다가갔다. "그 생선이 뭐예요?" 그의 팔에 양복처럼 걸쳐진 생선을 가리키자 사내는 갑자기 생기를 띠며 꾸러미 양끝을 두 손으로 각각 쥐고 쫙 펼쳤다. "이거 진짜로 맛있는 굴비야. 살래?" 지푸라기에 묶인 채 내 눈앞에 드러누워 있는 늠름한 스무 마리의 생선을 바라보면서 그가 말한 가격이 꽤 비싸다고 생각하고 있는데, 급하게 돈이 필요해서 직접 물건을 들고 나온 것이고 겨우 다 팔고 마지막으로 남은 것이니 제발 좀 사달라고 애원했다. 그 말에 그만 마음이 움직인 나는 돈을 건네면서 그가 어디에 사는지, 급하게 돈이 필요한 사연이 무엇인지 등에 대해서 물어보았으나 사내는 돈을 받아 챙기자마자 빨리 가봐야 한다면서 바로 자리를 떠버렸다. 나는 잠시 골목에 서서 그 뜻밖의 사건이 남겨놓은 여운을 음미했다. 카페로 돌아가니 김가와 박가가 환호했다. 나는 개 주인과 함께 프라이팬 두 개와 그릴을 이용하여 스무 마리의 생선을 모두 구워 사람들에게 나눠주었다. 모두들 기뻐했다. 그 사내의 말대로 굴비는 짭조름하고 고소했다. 아주 맛이 좋았다. 한창 소란스러운 그 상황에서 나는 내가 관찰하고 거래까지 한 그 사내에 대해서 상상하고 추정하여 구성한 것을 두 친구에게 얘기해주었다. 나는 그 남자의 상황에 대해서 그럴듯하게 상상한 바를 몇 가지 제시했으며 한 시간쯤 지나서는 두 친구까지 합세하여 더욱 풍성해진 그 남자의 초상을 만들어가며 즐거워했다. 그러다가 생선구이의 즐거움이 그날 밤 개들에 모인 사람들의 이야깃거리에서 사라져갈 무렵에야 나는 나에게 생선을 판 그 남자가 모종의 연출을 한 게 아닐까 의심하기 시작했다. 도저히 굴비를 팔 수 없는 공간을 일부러 골라 다니면서, 순전히 취기 때문에 적선을 행하는 오늘밤의 나와 같은 감상적인 청년들을 낚아올리는, 전혀 불쌍하지도 특별한 사연이 있는 것도 아닌 교활한 장사꾼의 연출이 아니었을까. 전율이 왔다. 정말로 그럴 것 같다는 확신이 밀려왔다. 나는 앞서 내가 한 얘기를 다 뒤엎어버렸다. 그는 단지 젊은 대학생들의 얕은 동정심을 이용해먹은 것일 뿐이라는 새로운 견해를 두 친구에게 제시했다. 그러나 둘은 내 견해를 받아들이지 않았다. 그들은 생선 꾸러미를 들고 카페로 들어서는 나를 보았을 때의 환희와, 생선을 구워 사람들과 나눠 먹으면서 카페 전체가 축제의 장이 된 것, 그리고 바로 그 행복한 시간을 바탕으로 구성한 그 남자에 대한 이야기를 조금도 허물고 싶어하지 않았다. 나의 의심은 이듬해 어느 봄날 밤에 결론을 보았다. 나는 그 남자와 다시 마주쳤고 내가 옳았다는 것을 그가 증명해주었다. 개들에서 친구들을 만나기 위해 신촌의 뒷골목을 지나가던 나는 어떤 록카페에서 쫓겨나오고 있는 그 사내를 보았는데, 그때와 똑같이 팔에 생선 꾸러미를 걸친 그는 담배를 피우며 허공을 보고 시계를 보고 하다가 공중전화부스로 들어갔다. 그러고는 누군가에게 전화를 걸어 몇 개 팔았느냐고 묻고 오늘은 잘 걸려들지 않아서 자신은 아직 하나도 팔지 못했다며 껄껄댔다. 잘 걸려들지 않아서! 그러니까 지난해 어느 겨울날 개들에 모였던, 잘해봤자 고작 극좌와 극우 사이 어딘가에 해당될 사람들을 기쁘게 해주었던 굴비구이는 내가 그에게 걸려든 결과였다. 꾸러미를 하나만 팔에 걸치고 있으면서 아직 하나도 팔지 못했다고 해서 혹시 자루나 가방 같은 것을 바닥에 놓아두었나 싶어 골목을 살펴보았지만, 아마도 잘 감춰두어서 그랬을 텐데, 어디에도 보이지 않았다. 전화를 끊고 공중전화부스에서 바닥으로 내려선 그는 공허한 얼굴로 허공을 바라보다가 발걸음을 떼려 하더니 나를 발견하고는 불쌍한 미소를 띠면서 굴비를 사지 않겠느냐고 했다. 진짜로 고소하고 맛있는 굴비라면서 내 쪽으로 걸어온 그는 표정을 더욱 불쌍하게 연출하면서 사실은 급하게 돈이 필요해서 직접 생선을 팔려고 나왔는데 가져온 것을 다 팔고 마지막 한 꾸러미만 남았으니 도와달라고 했다. 나는 그를 향해 미소를 듬뿍 날려주었다. 나를 전혀 기억하지 못하는 그는 내 눈엔 행복해 보였다. 생각이 없다고 하자 그는 실망한 표정으로 돌아서서 당구장이 있는 이층 건물의 계단을 올라갔다. 그날 밤 김가와 박가와 나는 과연 내가 그 남자에게 선의를 베푼 것인가 사기를 당한 것인가 하는 문제를 놓고 갑론을박했으며, 그 대화의 시간이 즐거움과 깊이를 더해가면서 내가 선의를 베풀었거나 혹은 나에게 사기를 친 남자가 바로 우리가 막을 올리고 이끌어간 그 풍성한 무대의 씨앗이 되었다는 걸 깨닫고는 경악했다. 술잔을 내려놓았다. 나는 우리 살아 있는 시체의 시커먼 얼굴을 바라보았다. 술잔을 채웠다. 사기를 당하여 베푼 선의는 과연 선의인가 아닌가에 대해서 떠들었던 옛날의 그 밤을 생각했다. 세월이 흐르면서 더욱더 답이 무엇인지 알 수 없게 되었다고 나는 인정했다. 탁자 모서리에 놓인 신촌의 개들을 보았다. 개 주인의 추악한 얼굴을 다시 보았다. 술을 마셨다. 인간에게 허용된 유일하게 확실한 진실은 인간은 결국 파멸하게 되어 있으며, 그가 파멸할 때 그의 뇌에 들어 있던 모든 사색의 산물들도 다 함께 사라진다는 것이다. 사기를 당하여 행하게 된 결과적인 선행과 이기적인 속셈을 가지고 행한 의도적인 선행에 대해서 우리가 나누었던 그 모든 말들도 사라질 것이고, 그리운 다해씨에 대한 기쁜 추억과 아픈 기억도 모두 사라질 것이다. 젊은 김가와 박가와 나는 세월과 더불어 그 사실을 철저히 깨달았으며, 그것을 깨달았다고 해서 더 행복해지지도 불행해지지도 않았으나 최소한 어리석은 환상과 광신과 허영에 빠지지는 않았다. 작디작은 어떤 깨달음이라도 좋다는 생각에서, 평생 쥐고 갈 수 있는 아주 작은 돌멩이 하나라도 좋다는 생각에서, 군대를 갔다 오고 졸업을 한 뒤에도 수년 더 캠퍼스를 어슬렁거렸던 우리는, 최루탄과 순정 어린 함성과 맹렬한 이상주의와 광신적 열정이 비정상적으로 휘몰아치던 캠퍼스에서, 눈물겨운 시대의 흐름에 힘을 보태는 한편 오로지 우리들 자신만을 위한 마지막 축제를 벌였다. 전공을 불문하고 백 명의 교수를 선발한 우리는 우리가 임의로 정한 순서대로 시간이 날 때마다 셋이 함께 연구실로 찾아갔으며, 표출된 방식은 저마다 달랐으나 밑바닥은 같은 것이었던 우리의 오랜 질문 보따리를 풀어놓았다. "교수님, 도대체 인생의 의미는 무엇입니까? 제발 한말씀 좀 해주세요." 세 놈의 시커먼 청년들이 찾아와서 내놓은 이 어린아이 같은 고색창연한 뜻밖의 물음에 대한 그들의 한결같은 반응과 대답에 대해서 우리는 전혀 실망하지 않았으니 우리의 목적은 다른 데 있었기 때문이다. 이미 초보 설치미술가였고 또 초보 전위시인이었던 두 친구의 상상력에서 출발한 이 여행의 목적은 인류 역사상 누구도 속 시원하게 대답해주지 못한 그 문제에 대해서 뭔가 반짝하는 작은 아이디어라도 얻을 수 있을지 모른다는 기대에 있지 않았다. 우리의 목적은 우리가 연구실로 들어서서 인사를 하고 어정쩡하게 선 채 자기소개를 할 때나, 혹은 존경하는 교수님이 우리에게 소파에 앉으라고 권한 뒤 손수 커피나 차를 준비할 때, 그리고 건강과 앞날의 행운을 빌면서 작별 인사를 나누며 한 명은 먼저 일어서서 빠져나오고 한 명은 약간 뒤처지는 등 교수님의 시선을 어지럽히며 연구실에서 빠져나올 때, 들키지 않고 가급적이면 부피가 큰 책 한 권을 훔칠 수 있는 가장 유리한 조건에 있는 사람이 재빨리 책을 가방에 집어넣는 것이었다. 우리는 백 명의 교수들을 한 명씩 찾아가 똑같은 무대를 연출하면서 단 한 번도 실패하지 않고 부피가 큰 한 권의 책을 훔칠 수 있었는데, 이렇게 훔친 책을 우리 자신이 가질 생각은 전혀 없었으며 헌책방에 팔아먹을 생각이나 그 두꺼운 책을 읽을 생각은 더더욱 없었다. 우리는 다음 교수의 책을 훔치면서 바로 그 빈자리에 이전에 훔친 책을 꽂아놓았다. 백 명의 교수를 만나서 백 번의 인생 상담을 하고 백 권의 책을 훔쳐서 백 권의 다른 책과 바꿔 놓은 것이다. 우리는 백번째 취득한 책을 들고 맨 처음 만났던 교수의 연구실로 갔으며 세월이 많이 흐른 뒤에 혹시 편지가 쓰고 싶어질지도 모르니 사택의 주소를 알려달라는 바보 같은 말을 하면서 그동안 빈 채로 있던 그 자리에 꽂아놓았다. 그렇게 해서 백 명의 교수들은 자기 책을 한 권 잃어버리고 자기 책이 아닌 책 한 권을 가지게 되었으나, 삶에 관대한 탓인지 늘 내성에 몰두하고 있어서 서가의 빈 공간 같은 것은 눈에 들어오지 않은 탓인지 단 한 명도 그 변화에 이의를 제기하지 않았다. 교란 축제라고 명명한 이 놀이를 우리는 한 달간 이어갔는데, 자기가 잃어버린 책이나 혹은 본의 아니게 남의 것을 당자 동의 없이 소유하게 된 데 대하여 이의를 제기한 자는 한 사람도 없었다. 아무도 자기 책을 찾으러 나서지 않았으며 아무도 남의 책을 돌려주러 나서지도 않았다. 가을이 깊어가고 있었다. 메마른 낙엽과 스산한 바람이 우리를 공허하게 했다. 어떤 역사에도 기록되지 않을 그 무용한 축제를 끝내면서 우리는 이제 더이상 그 사실을 확인할 필요가 없다고 느낄 정도로 우리가 가진 열정의 궁극적 무용함을 뼈저리게 느꼈다. 우리는 왜 사는가? 자기 책을 한 권 잃어버리고 남의 책을 한 권 갖게 된 백 명의 교수들이 온몸으로 말해주었다. "괜찮아! 괜찮아!" 우리는 저마다 성큼성큼 계단을 올라갔다. "괜찮아! 괜찮아!" 신랄한 비판 정신으로 무장하고 한강의 기적의 나라 대한민국의 온갖 싸구려 일등주의들을 종횡

무진 조롱해가던 설치미술가 김가는 어느 날 대변신을 감행했다. 언어를 극단적으로 파괴함으로써 우리를 지탱해주고 있는 온갖 질서들의 거짓을 가차없이 드러내는 전위시를 써가던 박가 또한 어느 날 실로 경이로운 변신을 시도했다. 설치미술가 김가는 어느 날 갑자기 산소 용접기에서부터 마른 소똥까지 없는 게 없는 잡동사니 소굴이었던 작업실의 그 모든 물건들을 트럭에 싣고 폐기물 처리장으로 가서 합법적으로 버려버렸다. 그러고는 삼천 권의 동화책을 구입하여 작업실을 가득 채우더니, 어머니 뱃속처럼 안전한 그 이야기들로, 끝없는 모험에 지쳐서 너무나도 고독해져버린 자신의 정신을 위로하기 시작했다. 음식을 만들고 설거지를 하고 똥을 누고 씻고 잠을 자는 시간 외에는 오로지 동화만 읽던 그는 읽는 것만으로 그치지 않고 어느 날부터 쓰기에 돌입했으며, 다시 어느 날부터는 모든 종류의 인간적 선의를 찬양하는, 겸손하고 욕심 없는 인물들이 등장하는 잘 팔리는 동화를 쓰는 작가로 거듭났다. 설치미술가로서 때로는 자기 자신을 희생시켜가면서까지 견지했던 신랄한 비판 정신을 마치 거추장스러운 발톱을 깎듯이 잘라버린 그는 아이들에게 우유병을 물리듯이 마구 책을 사주는 아줌마들 사이에서, 그 자신이 써낸 작품에서 튀어나온 듯한 예의바르고 푸근한 젊은 아저씨 동화작가로 자리를 잡았다. "괜찮아! 괜찮아!" 한편, 빨간색과 파란색의 전투와 그 변주라고 해도 좋을 정도로 저 모든 이분법의 정신병적 투쟁을 풍자

하는 파괴적인 시를 쓰던 박가는, 경제적 빈곤을 이유로 자신에게 가해지는 저질 모욕을 더이상 용납하지 않기 위하여 다달이 월급이 공급되는 공무원의 길을 걷기로 했다. 국가가 보장하는 안정적인 월급을 위하여 머리를 싸매고 열심히 공부하여 원한 바를 이룬 그는 주민센터 창구에 나타난 나를 향해 씩 웃었는데, 그 모습을 보고 웃음이 터진 나는 밖으로 나가 다음 타자로 대기하고 있던 김가에게 바통을 넘겨주고는 화단의 꽃들에 얼굴이 닿을 정도로 허리를 꺾은 채 마구 웃었다. 전위적인 시를 쓰는 말단 공무원이라니, 그것은 방탄유리 상자에 갇힌 채 카퍼레이드를 벌이는 교황만큼이나 웃음을 참을 수 없게 만드는 슬픈 광경이었다. "괜찮아! 괜찮아!" 우리는 그런 식으로 우리가 짊어지고 살아가야 할 가면을 만들어 뒤집어쓰게 되었고, 이제 자주 만나지 못하고 가끔씩 보았으며, 그나마 만날 때마다 언쟁을 벌였는데 그 말싸움은 언제나 통속 동화작가와 공무원 전위시인이 서로를 조롱하고 비난하는 제1막과, 두 사람이 힘을 합쳐서 나를 공격하는 제2막으로 구성되었다. 작금과 같은 한없이 하향 민주화되고 저급화된 대중문화사회에서 잘 팔린다는 것은 그 자체가 역겨운 일이라고 공무원 전위시인이 인기 통속 동화작가를 공격하면, 극히 가정적이고 점잖으며 예의바르고 유능한 공무원 전위시인이야말로 박제된 표범처럼 치욕의 전형이라고 통속 동화작가가 공격했다. 두 사람은 킬킬대면서 즐겁게 입씨름을 하다가 잘 팔리지도 않고 월급쟁이를 참으로 우습게 여기는 내가 둘을 싸잡아 비난하면 돌연 서로에 대한 공격을 멈추고 힘을 합하여 나에게 포탄을 퍼부어대기 시작했다. 두 사람은 나를 속물 은둔 작가라고 제대로 비난했는데, 그 말은 세속을 경멸하면서도 끝내 세속에서 발을 끊지 못하고 기웃대는 허영 덩어리가 바로 소설가의 운명이라는 뜻이었다. 그들이 그렇게 나를 비난하면 나는 언제나 웃으며 인정했다. 왜냐하면 그렇게 인정하지 않을 수 없었기 때문이다. 그 모든 과정을 개 주인은 다 지켜보았다. 들판에 뒹구는 비 맞은 미륵불 조각처럼 시커멓게 썩어갈 때까지, 개 주인은 그 모든 과정을 다 지켜보았다. 그 모든 과정을 다 지켜보다가 마침내 파멸의 단계에 접어들어 숨을 헐떡이면서 간신히 살아 있었다. 나보다 사십 배는 더 개 주인과 개들의 애용자였던 공무원과 동화작가는 개 주인의 얼굴에 구토를 불러일으키는 파멸의 보기 흉한 검은색이 등장하면서부터 서서히 피하기 시작했다. 자신들에게도 찾아오고 있는 동일한 파멸의 그림자를 보고 싶지 않아서 그들은 누가 보아도 놀랄 정도로 개 주인의 얼굴이 까매지자 노골적으로 외면해버렸다. 가능하면 신촌의 개들에서 만나자는 나의 제안을 그들은 거부했으며, 이미 오래전에 죽은 청춘을 일부러 찾으려 하는 나야말로 이상한 변태라고 놀려댔다. 그런 식으로 카페 개들의 올드팬들은 하나둘 떨어져나갔으며, 개 주인의 마음과는 달리 아무도 개들을 필요로 하지 않았는데, 그것은 마치 자신의 청춘을 자기 것이 아니라고 부인하는 것과 같았다. 정신이 굳건하고 자유로워서가 아니라 손쓸 수 없을 정도로 많은 다양한 습관에 묶여 있어서, 그리고 이 이른바 사회라는 체제에 길들여지고 갇혀 있어서, 카페 개들이 감당하기 어려운 분노를 불러일으키거나 슬픈 치욕을 안겨줄지도 모른다는 두려움 때문이었다. 누구보다도 내가 잘 이해하는 그 올드팬들을 개 주인과 함께 기다리면서 가을이 깊어갔고, 카페 앞의 터널 같은 긴 골목에는 축대 너머 초등학교에서 뚝뚝 떨어지는 손바닥 같은 플라타너스 잎들이 쌓여갔다. 그때쯤 개 주인의 얼굴은 더더욱 검게 변해 있었으며, 나는 위장이 아파서 더이상 찾아가 술을 마실 수 없는 지경에 이르러 있었다. 그렇게 우리 둘이 함께 올드팬을 기다렸던 마지막 가을도 막을 내릴 수밖에 없었다. 개 주인은 정말로 들판에 아무렇게나 뒹구는 비 맞은 미륵불 빛깔이 되었으며, 눈빛은 점점 더 먼 곳을 바라보고 있어서 흡사 어느 별 하나를 자기만의 까마득히 긴 대롱으로 들여다보고 있는 것만 같았다. 이 미터도 안 되는 카페의 천장을 바라보고 있어도 마치 천공 끝의 먼 별들 중에서 가장 바깥에 있는 별의 위성 하나를 보고 있는 것만 같았다. 공기가 차가웠던 어느 날 깊은 밤이었다. 나는 낙엽을 긁어모아 카페 앞의 골목에 모닥불을 만든 뒤 개 주인을 데리고 나왔다. 우리는 불을 사이에 둔 채 마주앉았다. 활짝 열어놓은 카페에서 바흐의 첼로 선율이 흘러나오고 있었다. 나는 마지막으로 술을 마셨다. 개 주인은 오랫동안 모닥불에 두 손바닥을 쪼였다. 그는 만족스러운 듯 미소를 띠었다. 불빛이 반사된 얼굴이 추악하게 일그러졌다. 소름이 돋았다. 그가 갑자기 내 등에 올라타 찰싹 달라붙어버릴 것만 같았다. 공포에 가까운 혐오감이 내 입을 빌려서 이렇게 말했다. "친구, 더이상 너를 찾지 않을 거야!" 내 말을 듣지 못한 듯, 개 주인은 아무런 반응도 보이지 않았다. 나는 화장실에서 오줌을 누고 돌아와 이불에 덮인 해골 같은 나의 청춘을 바라보면서, 지난 수년간 그가 늘 올드팬들을 기다리고 있노라고 말했지만, 그의 뇌는 이미 그들 중 극히 일부도 제대로 기억하지 못했을 거라고 생각했다. 다른 사람들보다 몇 배는 더 가까웠던 통속 동화작가와 공무원 전위시인은 그보다 훨씬 더 이전부터 이미 기억하지 못했을 거라고 나는 생각했다. 그리고 이 이른바 속물 은둔 작가인 한심하기 짝이 없는 나야말로 그의 얼굴에 혐오스러운 파멸의 그림자가 자리잡기 훨씬 이전에 이미 그의 기억에서 지워져버렸을 거라고 생각했다. 왜냐하면 사실은 나야말로 가장 절실하게 신촌의 개들이 마치 세차게 부는 바람 속의 티끌처럼 나의 기억에서 완전히 사라져버리기를 열렬히 바랐기 때문이다. 아! 그러나 물론, 아니다! 괜히 한 말이다. 봄날이라는 것 외에는 아무것도 특별하지 않았던 그 일요일, 신촌의 개들이 집으로 온 그다음날, 나는 개들을 잊기는커녕, 밤이 깊도록 아무도 찾아오지 않고, 전화 한 통조차 없으며, 오직 나의 살아 있는 시체와 청춘의 낙엽 같은 파편들이 있을 뿐인 그곳을 찾아 끝없는 모놀로그를, 내가 주연이고, 내가 연출가이고, 내가 관객이고, 내가 대본을 써가고 있는, 사실은 아무것도 되고 싶지 않았던, 사실은 소설가조차도 되고 싶지 않았던, 오직 나 자신이 되고 싶을 뿐이었던 한 인간의 모놀로그를 늘어놓고 있었다. 뜨거운 알코올이 휘저어놓은 왁자지껄한 내 정신은 로스트로포비치의 첼로 선율을 타고 천장 가까이 떠올라 있었으나, 내 육신은 점점 더 탁자 아래로 처져내려가서 내 발은 건너편 의자 밑을 지나 그 뒤편으로 나가 있고 내 엉덩이가 아니라 내 허리와 등이 의자에 드러누워 있었다. 나는 일어섰다. 개 주인을 향해 길게 담배연기를 뿜어내는 무의미한 짓을 되풀이하고 있던 나는 마침내 스스로에게 시베리아 유형을 선고했다. 시체의 마른 팔이 이불 속에서 스르르 빠져나왔다. 그것이 엿가락처럼 길게 늘어났다. 그것이 부질없이 나를 붙잡으려고 했다. 나는 그것을 피해 문 앞에 섰다. 나는 벽 같은 축대 앞에 섰다. 다시 오래된 이끼 냄새에 얼굴을 비비며 그 냄새를 맡고 있는 콧구멍으로 담배연기를 푹푹 뿜어냈다. 간판의 노란 불빛이 오래전에 이미 사라진 먼 별의 마지막 남은 몇 줌 아스라한 빛 같았다. 나는 그 별 같은 다해씨를 생각했다. 그 사람이 오늘밤 내 시베리아 유형의 동행자였다. 처음 본 순간 새들인 줄 알았으나 다음 순간 바로 개들임을 알아차리고 웃음을 머금었던, 그 죽어가는 간판에 눈길을 고정한 채 나는 너무도 그리운 그 여인을 생각하기 시작했다. 끝없이 떠오르고 가라앉는 바흐의 첼로 선율처럼, 그 우울하고 끈질긴 불굴의 의지처럼, 카페에 들어서기 이전부터 계속해서 나를 부르고 있던 그 사람을 나는 생각하기 시작했다. 나는 기억하는데, 내가 새들이라고 잘못 읽고 곧바로 개들로 고쳐 읽은 것과 달리 다해씨는 카페 안으로 들어선 뒤에도 여전히 개들을 새들로 잘못 알고 있었다. 연일 따스하더니 오후부터 비가 많이 내린 2월 하순의 어느 날 밤, 개 주인이 몸살로 드러누워 잠들어 있고, 예비 통속 동화작가 김가와 예비 공무원 전위시인 박가와 내가 축 늘어져 있을 때였다. 삐거덕하며 문이 열리는 소리가 들려서 개가 들어오나 사람이 들어오나 보니 빗물을 뚝뚝 떨어뜨리며 미지의 다해씨가 들어서고 있었다. 하얀 셔츠에 가느다란 검정색 넥타이를 맨 그녀는 고물상 곁을 지나다가 우연히 눈에 띄어 껌값에 구입했다는 낡은 통가죽 재킷에 청바지를 입고 있었다. 갈색 가죽 재킷이 빗물로 번들거리는 가운데 어리둥절한 표정으로 우리와 눈이 마주친 그녀가 역시 가죽으로 된 이른바 빵떡모자를 벗자 남자 같은 쇼트커트가 드러났다. 우리 셋이 놀라서 바라보니 그녀는 눈가에 상큼한 미소를 띠면서 미소 띤 그 눈으로 개 주인을 포함하여 우리를 헤아리더니 유레카를 외치듯이 말했다. "네 마리의 새들이 있군요!" 그녀의 환한 미소가 내 마음을 뒤흔들었다. "개들인데요!" 내 말에 그녀는 다시 처음처럼 어리둥절해졌다. "아, 개들이었어요?" 그녀는 즉시

문을 열고 밖으로 나가 간판을 확인하고 들어오더니 거리낌없이 깔깔깔 웃었는데, 그 소리에 개 주인이 깨어났고 그 소리를 신호로 카페 개들의 역사에 새로운 무대 하나가 추가되었다. 그것은 내 친구 김가가 너무 많은 자유로 인한 견디기 힘든 고독을 삼천 권의 동화책에 파묻혀 위로받으려 하기 얼마 전, 내 친구 박가가 잘 먹고 잘사는 속물들이 그의 머리에 끼얹는 급 낮은 모욕을 이른바 말단 공무원이 됨으로써 되갚아주기로 결정하기 얼마 전, 만나기만 하면 셋이서 합동으로 한숨을 쉬던 시절의 일이었다. 다해씨가 들려준 이력에 의하면, 신기루처럼 우리 앞에 나타난 그녀는 정규직 교수들에게 자기 노동의 대가를 상당 부분 빼앗겨야 하는 이른바 시간강사였는데, 그보다 훨씬 이전 석사과정 때 신촌에 발을 들여놓았으나 개들을 알게 된 것은 비가 오던 그날 밤이 처음이었으며, 학비와 생활비를 스스로 해결해야 함은 물론 사돈의 팔촌까지 다 뒤져보아도 학자의 길을 걷겠다는 그녀를 이해해주는 집안사람이 단 한 명도 없는 진실로 가난한 영혼이었다. 그녀는 학비를 벌기 위하여 석사과정을 마치고 오랫동안 캠퍼스를 떠나 있다가 박사과정에 진학했으며, 그런 다음에도 그녀의 독립성을 인정하지 못하는 무지한 부모님 때문에 한 학기에 한 번은 강제로 선을 보아야 했다. 다해씨는 그런 힘겨운 상황에서도 잘 버티고 있었다. 그녀는 늘 웃으며 꿋꿋하게 견뎌냈다. 그러나 마침내 허물어져 방황하기 시작했다. 그것은 고학력 변태 학자들이 그녀에게 가한 비열한 폭력 때문이었다. 그로 인하여 책상머리에서가 아니라 십대 소녀처럼 거리를 헤매고 다니던 다해씨가 카페 개들을 발견하고 나와 만나게 되었으니 나는 그 변태 학자들에게 감사를 표해야 하는 것일까. 우리가 즉각 뚝딱뚝딱 그녀를 위한 무대를 만들어주자 그녀는 흡족해하며 자신을 밤거리의 한참 늙은 방랑자로 만들어버린 그 저급한 드라마의 막을 올렸다. 지난해 이학기가 시작되고 얼마 뒤였다. 다해씨는 회식을 한다는 연락을 받고 신촌 뒷골목의 돼지갈빗집으로 갔다. 교수 신분인 선배 두 명과 다해씨와 같은 박사과정 후배들이 잔뜩 모여 있었다. 무슨 일인가 하고 기다리니까 이윽고 두 교수가 자신들의 사랑스러운 후배들이 집필해야 할 책을 소개한 뒤에 항목별로 한 사람씩 배분하기 시작했다. 어떤 낌새도 없었다. 두 교수의 연기력은 너무나 출중했다. 실무를 맡은 수석 졸개에 의해서 회식에 참석한 모든 후배들이 한 꼭지씩 맡고 더이상 아무것도 남지 않게 되었을 때에야 다해씨는 그 무대의 주제가 무엇인지 알아차리고 현기증을 느꼈다. 그녀의 몫은 없었다. 박사과정의 늙은 학생인 다해씨뿐만 아니라 그 자리에 동석한 모두가 다해씨에게 배분된 항목이 없다는 것을 알게 되었으나 모두가 입을 꾹 다문 채 가만히 있었는데, 대체로 싸구려이긴 하지만 그래도 일반인들보다는 문학 독해에 뛰어난 자들인지라 다해씨가 너무도 조용하게 왕따를 당했다는 것이 바로 그 무대의 고함치는 메시지라는 것을 알아차렸기 때문이었다. 지금은 바보같이 스스로를 비정규직 교수라고 부르는 그 비굴한 시간강사들은 자신들의 피를 빨아먹고 있는 두 명의 골목대장 앞에서 꼼짝도 하지 못했으며, 음식과 술이 나오자 정신없이 먹고 마시고 취하여 떠듦으로써 아무런 모욕감도 역겨움도 전혀 느끼지 못하는 시체인 양 자신들을 속이려고 했다. 몹시도 잔인한 그 무대는 그렇게 돼지갈비 냄새와 소주 냄새와 땀냄새와 입냄새의 향연 속에서 추한 막을 내렸다. 전위시인과 설치미술가가 무대로 튀어올라갔다. 뒤이어 나와 개 주인도 무대로 튀어올라갔다. 우리는 그 어설픈 고학력 배우들을 성토함으로써, 단지 독립적으로 살아가려고 노력한 대가로 깊은 상처를 입게 된 다해씨를 열렬히 위로해주었다. 사실 우리는 그런 고학력 골목대장들에 대해서라면 진절머리나는 전문가라고 해도 좋을 정도로 잘 알고 있었다. 전형적인 삼류 권력자인 그들은 타인의 자유를 용납하지 못하는 졸렬한 인간들인데, 얄팍한 관심과 보상이라는 포장지로 자신의 졸렬함을 감춘 채, 후배라고 불리는 약자들을 끝없이 짓누름으로써 자신의 자유를 확인하려 하는 속물 중의 속물들이다. 알고 보면 그들은 자기 몫의 고유한 고독조차도 전혀 홀로 견뎌내지 못하는 나약하기 짝이 없는 인간들이지만, 자신들의 초라한 권력이 바로 그 바보처럼 죽어지내는 비굴한 자들에 의해서 유지되고 있다는 사실을 꿰뚫을 정도의 머리는 있다. 우리 가짜 학계의 그 골목대장들은 대학이라는 쓸데없이 비싼 제도에 의하여, 자기 개성을 간직하려고 애쓰는 청춘들을 집단으로 살해하도록 길러진 킬러들인데, 대체로 이런 킬러들이 바로 대학에 적을 두고 분에 넘치는 월급을 받아먹으면서 새로운 킬러들을 길러내는 교육자가 된다. 이들은 평생, 일종의 국가적 수용소인 고등학교가 공급하는 미성숙한 청춘들만을 상대하다보니, 자신들이 대장이라는 생각이 세포 깊숙이 스며들게 되는데, 그 대장생활을 수십 년 하고 나면 대부분은 자기 앞의 만인이 자신들의 가르침을 기대하고 있다고 맹신하는 정신병자가 되어버린다. 바로 그런 정신병자 두 명과 예비 정신병자 여러 명에게 무언의 그러나 명백한 테러를 당하면서도 회식 자리를 끝까지 지켜낸 다해씨는 자신에게 가해진 린치가 그것으로 끝나기를 기대했으나 실상은 그렇지 않았으니, 그때부터 다해씨는 자신이 투명인간으로 변해버렸다는 것을 아프게 깨달아야 했다. 나는 심야의 추한 신촌 거리를, 음산하고 괴기스러운 뒷골목들이 내장처럼 웅크리고 있고 어둠과 빛이 서로서로 물고 뜯으며 싸우고 있는 이 황지에서 다해씨를 생각했다. 내 머릿속에서 그녀는 뜨거운 눈물로 가득찬 불타는 눈으로 나를 보고 있었다. 나는 볼품없는 어떤 가로수 곁에 나무처럼 우두커니 서 있는 그녀를 생각했다. 인간은 여타의 동물과 조금도 다를 바 없이 무리 중에 약한 자가 보이면 언제든 배척할 준비가 되어 있는 못난 존재라는 것을 그녀는 잘 알고 있었다. 그것은 말할 것도 없이 자신이 무리로부터 공격당할지도 모른다는 공포를 극복하지 못한 탓일 텐데, 인간은 이제 겨우 그 정도의 진화 단계를 지나가고 있을 뿐이다. 나는 신촌이라는 이름의 이 거대한 똥의 거리에 서서, 날마다 모든 것들이 몰개성의 균질한 똥이 되어가고 있는 이 망각의 거리에 서서, 그날 밤 우리는 다해씨가 폭풍처럼 토해내는 울분에 찬 얘기들을 최상의 성의를 가지고 잘 들어주었다고, 그리고 개 주인이 나를 비롯한 모든 청춘들에게 증명해 보였듯이, 누군가가 자신의 이야기를 잘 들어주면 그저 잘 들어준다는 것만으로도 때로 크나큰 위안이 된다는 사실을 우리도 증명해 보였다고 생각했다. 다해씨가 얘기를 마치자 우리는 벌떼처럼 달려들어, 자신의 자존감과 자유를 지키려는 그녀를 고분고분하지 않은 늙은 후배로 찍어서 추잡한 방식으로 모욕을 준 그 삼류 골목대장들의 이른바 갑질을 새벽이 되도록 물어뜯고 씹었으며, 바로 그 밤부터 우리는 세상에 미만한 온갖 종류의 갑질을, 기껏해야 극좌와 극우 사이 어딘가에 해당될 뿐인 그 미성숙한 자들의 권력 놀이를 성토하는 무수한 무대를 만들었고 무수한 밤을 함께하며 서로를 위로했다. 무너진 갱도 안에 갇힌 광부들처럼 좌절하여 무기력해져가던 우리는 새로운 산소와 음식을 공급받은 것처럼 다시 의욕을 갖기 시작했으며, 다해씨를 절망하게 만든 그 모든 모욕과 상처가 자꾸만 힘이 빠져가던 우리를 소생시킨 새로운 에너지의 원천이 되었다는 아이러니에 대해서 잊지 않았다. 사뮈엘 베케트가 옳았다. 한쪽에서 누군가가 웃으면 다른 쪽에서 누군가가 울며, 이쪽에서 누군가가 울면 저쪽에서 누군가가 웃는다. 다해씨는 주중에는 강의와 연구에 충실했고 주말에는 개들에 충실했다. 나는 그녀가 상처 입은 자유 영혼 그 자체라는 것을 알게 되었으며, 수많은 환멸과 고통의 이야기를 하면서도 전혀 눈물을 보이지 않는다는 것도 알게 되었다. 그녀는 내밀한 교류를 하는 사람이 아니고 단지 그저 알고 지낼 뿐인 불특정 지인들을 앞에 두고 다분히 의도적으로 눈물을 흘리는 사람들을 혐오한다고 고백하면서, 눈물은 지성을 포기하는 행위라고 비난했다. 그녀의 관점에 따르자면 텔레비전의 온갖 토크쇼에 출연해 전 우주를 향하여 흐느껴 울기를 너도나도 즐기는 대한민국은 미숙아들의 천국이라고 할 만했다. "공개적으로 마구 눈물을 흘리는 것은 타인의 진정한 이해를 구하는 게 아니라 단지 손쉬운 동정만을 구걸하는, 치욕스러워해야 할 미성숙한 행동이에요." 다해씨가 말했다. "불특정 다수의 타인들 앞에서 우는 어른은, 울음을 터뜨림으로써 한순간에 모든 사람들의 지적 판단을 중지시키고 오로지 자신에게만 관심을 갖게 만드는 유아와 같아질 뿐인데, 눈물을 흘리는 것은 타인을 지배하려고 하는 동물적인 작전으로서, 명백히 아직 전혀 지성적이지 않은 유아에게 허락된 삶의 기법이지, 지성을 갖춘 어른이 사용할 것이 아니에요." 우리는 백번 공감하면서 서글픈 동물적 욕구라고 해야 할, 늘 타인을 지배하려고 하면서 한순간도 그 의지로부터 자유로워지지 못하는 인간의 한계에 대해서 열렬히 욕해주었다. 우리는 우리가 결코 완전히 벗어던질 수 없는 그 동물적 바탕 때문에 생겨나는 지배 욕구에 어쩔 수 없이 끌려다녀야 하는 우리의 한계에 대해서 열렬히 욕해주었다. 우리는 그해 봄 내내, 깊은 상처를 입었으나 끝내 눈물은 흘리지 않은 그녀를 진정한 자유인으로 대접해주면서, 원래 잘 웃는 그녀가 어린아이처럼 맑고 밝게 웃을 수 있도록 최선을 다했다. 나는 자물쇠가 채워진 가판대 곁에 서서 담배를 피우면서, 전혀 의도하지 않은 그 자리가 바로 다해씨와 내가 카페 개들로 가기 전에 만나곤 했던 장소라는 사실을 알아채고서 놀랐다. 불 꺼진 커피숍 앞의 인도에는 술 취한 여자가 퍼질러앉아 있었고, 한 남자가 그 곁에 나란히 앉아서 그녀를 일으켜세우려 애쓰고 있었다. 스물둘 혹은 스물셋으로 나는 추정했다. 스물둘 혹은 스물셋의 그가 나와 눈이 마주쳤다. 왜 쳐다보느냐고 터무니없는 도발을 하지 않을까 나는 긴장했다. 그러나 그는 전혀 나를 보지 못한 사람처럼 여자의 목덜미에 자기 코를 처박을 뿐이었다. 나는 그에게 일종의 투명인간이었다. 거리를 배회하는 온갖 인생 견습생들에게도 나는 마찬가지로 보이지 않는 존재였다. 그러나 때가 되면 그들 청춘들도 우리 중년들처럼 젊은 자신을 가차없이 죽여버리게 될 것이고, 그런 뒤에는 한없이 투명한 인간이 되어 없어져갈 것이다. 참으로 쌤통이 아닌가! 나는 내 옆에 지금 막 만난 다해씨가 있다고 상상하면서 대학 쪽으로 천천히 걸음을 떼놓았다. 여름방학이 되자 한동안 다해씨는 나의 독차지가 되었는데, 지쳐서 변신을 모색하던 전투적인 설치미술가가 더위를 피해 산속에 있는 잘 팔리는 선배 화가의 별장으로 떠나고, 가난한 전위시인도 만성위염을 치료한다는 명분으로 설치미술가의 꽁무니에 따라붙은 덕분이었다. 다해씨와 나는 카페로 가기 전에 최소한 한 시간은 걸었으며, 때로는 옛날의 신촌로터리와 굴다리 사이의 직선 도로를 대여섯 번씩 왔다갔다하기도 했다. 어느 날 우리는 우리가 걷기를 좋아한다는 사실을 다른 누구도 아닌 우리 자신에게 증명하기 위하여 연극을 본 대학로에서 신촌까지 걸었는데, 그때 다해씨는 마치 남의 얘기를 하듯이 구질구질하고 졸렬한 서사시라면서 자기 집안 얘기를 시시콜콜 들려주었다. 장엄함이라고는 하나도 없이 몹시 비참할 뿐이라는 점에서 대단히 비극적인 그 서사시에 따르면, 그녀의 부모는 둘 모두 그녀가 전혀 닮고 싶지 않을 뿐 아니라 자신과 인연이 되지 않도록 잘 피해 다녀야 할 사람들의 훌륭한 모델이었다. 아버지는 가난한 농부의 자식이었다. 그는 어릴 때부터 동네 목수 밑에서 잔심부름을 하며 집 짓는 일을 배웠다. 그러나 정작 자신은 목공예에 더 관심이 많았다. 다해씨의 기억에 따르면 아버지가 손수 만들어서 오빠들에게 준 장난감들과 부엌의 가재도구들은 상당한 솜씨가 발휘된 뛰어난 작품들이었다. 그러나 아버지는 성격이 대단히 산만했다. 걸핏하면 사람들과 싸움을 벌이는 지독한 다혈질이기도 했다. 그는 무슨 일에도 집중력을 발휘하지 못했다. 자신이 좋아하고 어쩌면 유일하게 남에게 내놓을 만한 재능이었던 목공예에 대해서도 마찬가지였다. 그는 만사를 지겨워했다. 그는 결국 집을 떠났다. 전국적으로 건축 붐이 일 때였다. 그는 이른바 집장사꾼들로 불린 건축업자들을 따라 전국을 떠돌아다녔으며, 불규칙하게 집으로 생활비를 보내주고 자신은 도박과 술과 여자에 빠져서 한창 젊은 시절을 다 탕진했다. 십 년 넘게 그런 생활을 하던 그는 그야말로 하늘에서 뚝 떨어진 것처럼 어느 날 저녁 피폐해진 몸을 이끌고 집으로 돌아왔는데, 유령처럼 마당을 걸어와 두리번거리더니 밥도 먹지 않고 골방에 틀어박혀 그길로 거의 삼 년 동안을 환자 겸 중년 백수로 집을 지켰다. 그 역시 불같은 성격의 어머니가 갖은 구박을 해도 꿋꿋하게 버티던 그는 어느 봄날 대중탕으로 가서 목욕을 하고 오더니 돌연 깨끗한 옷을 차려입고 나갔다가 돌아와서는 다시 일하러 나갈 거라고 어머니에게 통보했다. 그 말이 떨어지기 무섭게 어머니가 갖은 쌍욕을 퍼부어댔지만 그는 조금도 개의치 않았으며 그때부터 철강공장에서 잡부로 일하며 도박과 여자만 빼고 매일 밤을 술과 더불어 시작하는 이전과 똑같은 삶을 재개했다. 아버지의 삶은 거기서 딱 중단된 것 같았다. 이후 매일 매일이 조금도 다르지 않고 꼭 같았다. 아버지와 관련하여 과거를 회상하려고 하면 다해씨는 시간이 박탈된 것처럼 기이한 혼란을 느껴야 했다. 그런 한편, 재봉틀 앞에 앉아서 쌍욕을 퍼붓는 여인으로 다해씨의 머리에 새겨진 어머니의 초상은 두려움과 혐오감으로 칠해져 있었다. 다해씨의 뇌가 담고 있는 가장 먼 기억도 재봉틀 앞에 앉아 있는 어머니의 뒷모습이었다. 드르륵, 드르륵, 넓은 등짝을 보인 채 요지부동으로 앉아서 그녀는 끝없이 무엇인가를 박았다. 그것은 천으로 만들 수 있는 다양한 상품들의 기초 재료들, 예컨대 대형 봉제인형, 드레스, 걸레, 다양한 용도의 수건, 여성용 의류에 들어갈 레이스 등등, 최종 상품의 가격대는 천차만별이지만 그녀가 일을 하고 받는 대가는 거의 차이가 없는 극히 기본적인 일차 작업이었다. 당연히 다해씨의 어머니는 자기 노동의 최종 결과를 볼 수 없는, 수십 년간 익명의 파편적인 부품들만을 끝없이 만들어낸 부분의 노동자였는데, 바로 그 억울한 심정이 남편과 자식들을 향한 거친 욕설로 표출되었는지도 모르겠다고 다해씨는 해석했다. 그녀의 오빠 둘은 공고를 졸업하고 폐기물 처리 회사에 나란히 들어갔다. 큰오빠는 전기를 전공했고, 작은오빠는 중장비를 전공했다. 그들의 노동은 어머니의 노동보다 더 공허했다. 그들은 자기들이 노동을 한 뒤에 새롭게 만들어지는 생산물의 최종 결과를 모를 뿐 아니라 그 파편적인 부분들조차도 볼 수가 없었다. 다해씨는 가족들 모두가 저마다 분노에 차 있어서 수시로 서로를 괴롭힌 것은, 바로 그처럼 자신들이 무슨 일을 하는지, 최종적으로 자신의 노동이 무엇을 만들어내는지 전혀 알지 못하는 장님 같은 삶의 조건 때문이었는지도 모르겠다고 해석했다. 다해씨가 고등학교 이학년 때였다. 집안의 유산 문제로 아버지와 큰아버지 간에, 다해씨네 집 마당에서 실제로 치고받고 싸운 대결투가 있었다. 일요일이어서 양가 식구들이 다 모인 가운데 아버지와 큰아버지가 언쟁을 벌이다가 갑자기 육박전으로 치닫자, 처음엔 뒤로 물러나 마치 링의 로프처럼 빙 둘러서서 둘을 지켜보던 양가의 젊은 수컷들이 개입했고 급기야는 양쪽 어머니들도 끼어들어 난장판이 되어버렸다. 다해씨는 그녀보다 두 살 위로 매우 친하게 지냈던 사촌언니가 자신에게 화를 내면서 욕을 퍼붓는 것을 보고 경악했으며, 어릴 때 동네 공터에서 떼거리로 물고 뜯고 싸우던 그 어리석은 피투성이 똥개들을 떠올렸다. "개들이 정말로 편을 갈라서 집단으로 싸우는지는 모르겠어요. 내 기억이 왜곡되어 있는 것인지도 모르겠고요." 그녀가 말했다. 그녀는 길게 한숨을 내쉬고 말을 이었다. "하지만 어쨌든 우리집 마당에서 패싸움이 벌어진 그때와 꼭 같은 기억을 여전히 생생하게 간직하고 있어요. 그 한심한 피투성이 똥개들이라니!" 그 사건이 다해씨에게 미친 영향은 결정적이었다. 그 일이 벌어진 이후 그녀는 그 추잡한 삶의 현장에서 탈출해야겠다는 생각을 하루도 하지 않은 적이 없었다. 그때부터 돈이 생기면 무조건 모으기 시작한 다해씨는 때로 어머니나 아버지 혹은 오빠들의 돈을 몰래 훔치기도 했는데, 고등학교를 마치고 스물을 눈앞에 둔 자신의 인생을 돌아보면서 인간이 인간다워지려면 적절한 수준의 물질적 뒷받침이 있어야 하는 것은 물론 그보다 훨씬 더 높은 수준의 정신적 뒷받침이 있어야 한다는 것을 절실히 깨달았다. 자신의 인생이 바로 그런 깨달음의 과정이었다고 평가한 그녀는, 자신이 그 어리석은 피투성이 똥개들처럼 되는 것을 결코 용납하지 않을 것이며, 자신의 인간성이 개들로부터 가능한 한 멀어지도록 고양시키는 데 방해가 되는 삶은 죽음을 통해서라도 거부할 거라고 다짐했다. "그랬는데 카페 개들이라니! 하하하!" 그녀가 소리쳤다. 그녀는 고등학교 졸업과 동시에 시집을 보내려고 하는 어머니에게, 자살을 해버리겠다는 협박과 더불어 최대한 비굴하게 굴면서 비위를 맞추는 강온 양면 작전을 펼쳐 시간을 끌 수 있었다. 그녀는 몰래 방송대에 등록하여 육 년 만에 졸업을 했으며, 그 기간 동안 극도의 인내심으로 모아둔 돈을 가지고 가출하여 마침내 한강의 기적의 나라 대한민국 서울의 신촌에 입성했다. 그녀는 돈을 벌었다. 그녀는 살림을 살았다. 그녀는 공부를 했다. 그녀는 그 세 가지밖에 하지 않았다. 오 년 뒤 석사과정을 마쳤다. 그녀는 제대로 된 직업을 가지고 공부하고 싶었다. 모 메이저 출판사 사장이 다해씨의 열정에 감동했는데, 얼마나 감동했는지 자기 회사의 젊은 남녀 근로자들이 어떤 자들인지 잊어버렸을 정도였다. 그들은 그녀를 전혀 환영해주지 않았다. 그들은 늙은 신입 사원을 불편해했다. 그녀는 일 년을 채우지 못하고 물러

날 수밖에 없었다. 그녀는 의식주를 한 번에 해결하면서 많은 돈을 벌 수 있는 일을 찾아보기로 했다. 그러나 그런 일은 없었다. 그래서 그녀 자신이 만들어냈다. 허영으로 가득찬 졸부 집의 가사도우미 겸 과외교사가 되기로 했다. 그녀는 몇 군데 목표를 정한 다음, 마치 기획 부동산 업자들이 가만히 있는 사람들을 들쑤셔 그들 스스로 돈을 내놓게 하듯이, 그녀 쪽에서 먼저 제안하여 자신이 고안한 직업의 제1대 취업자로 데뷔하게 되었다. "내가 대한민국 역사에서 가사도우미 겸 과외교사로 일한 최초이자 최후의 여자일지도 몰라요." 다해씨는 깔깔깔 웃었다. 그 외에도 때로 우스꽝스럽고 때로 역겹기 짝이 없는 여러 직업을 전전한 그녀는 자신의 다양한 직업 순례를, 영양 상태가 극히 충실하고 잘 가꾸어진 육체가 텅 빈 머리를 이고 있을 때 얼마나 우스꽝스러워지는지 깨닫게 해준 쓰라린 교육이었다고 평가했다. 신호가 바뀌기를 기다리던 나는 마음을 바꿔 왼쪽 어두운 인도를 따라 계속 걸어가면서, 다해씨의 사연을 들은 보답으로 내가 왜 작가가 되기로 했는지 그녀에게 들려주었던 얘기를 회상했다. 다해씨에게 나는 길게 얘기하지 않았는데 길게 얘기할 필요 없이 너무나 자명했기 때문이다. 인생의 아주 어린 시절부터 나는 나를 비롯한 이 모든 존재들이 왜 존재하는지 알고 싶다는 것 외에는 절실하게 원하는 게 아무것도 없어서, 엄청난 돈을 버는 것도, 높은 지위에 오르는 것도, 굉장한 로맨스도, 근사한 자동차도, 고가의 집도, 멋진 명품 의상도, 고급 와인이나 위스키도 도무지 시시해서, 이 세상에 없는 유일무이한 것을 만들어보려고 궁리하다보니 그렇게 된 것일 뿐이었다. 이야기를 만들어내는 것은 단순한 돌덩어리에 지나지 않는 대리석을 쪼고 문질러서 원하는 형상을 탄생시키는 조각가의 작업과 같은 것으로, 아마 내가 대리석을 조각하는 능력을 타고났더라면 그 일을 했을 것이며, 그야말로 텅 빈 허공에서 불굴의 선율과 화음을 만들어내는 능력을 가지고 있었더라면 다른 모든 것을 폐기하고 그 일을 했을 것이다. 내가 원한 것은 결국 최고의 열정과 결합된 최고의 비실용성이었다. 지지리 가난한 집에서 태어나 갖은 굴욕을 겪으며 살아온 사람임에도 불구하고 다해씨는 내가 말한 최고의 열정과 결합된 최고의 비실용성이라는 반사회적인 관념을 열렬히 공감하고 열렬히 지지해주었다. 우리는 여름이 끝나갈 무렵 남해안으로 떠났다. 어리석은 피서 행렬에 뒤늦게 합류하기 위해서가 아니라 전라남도와 경상남도 사이로 상륙한다는 사나운 태풍을 맞이하기 위해서였다. 내가 그 위험한 여행의 제안자였다. 나에게 생성과 소멸이라는 태풍의 드라마는 언제나 인생과 시간의 가장 좋은 알레고리였다. 나는 그 드라마에 나의 친구들을 초대하고 싶었다. 바다가 우리에게 고함을 쳤다. 어마어마하게 많은 물들이 모여 있는데도 바다는 물이 부족하다고 분노하고 있었다. 우리들 마음이 그런 것처럼 바다도 자기 자신이 부족하다고 화가 나서 슬퍼하고 있었다. 그 바닥없는 욕망의 하늘은 천지개벽인 양 격렬했다. 들끓고 울부짖으며 지상의 모든 물들을 다 이끌고 까마득한 우주로 사라져버릴 것만 같았다. 하지만 섹스처럼 짧았다. 뜨겁게 온몸을 비비며 서로를 탐하는 그 몸짓처럼 찰나의 불꽃에 지나지 않았다. 다해씨와 나와 개 주인과 아직은 설치미술가인 김가와 아직은 전업 전위시인인 박가 일동은 비바람이 몰아치는 위험한 백사장을 미친듯이 달리면서 삶의 모든 열광과 불길이 얼마나 부질없고 허망한 것인지 온몸으로 확인하고 배우며 킬킬대고 헉헉댔다. 나는 은밀하게, 그들의 몸과 몸 사이에, 근육이 꿈틀대는 그들의 다리 사이에, 허공을 휘젓는 손가락과 손과 팔목과 팔뚝의 어지러운 궤적 사이에, 한참 전에 이미 늙어서 헉헉대고 있는 내 청춘을, 발작하는 비바람과 함께 그것이 사멸해버리기를 간절히 바라면서, 아무도 모르게 그 녀석을 슬쩍 내려놓았다. 하지만 그놈은 나에게 속지 않았다. 이미 청춘이 아니라 청춘의 그림자라고 해야 할 그 가련한 의지는 나와 함께 돌아왔고, 긴긴 세월 개 주인의 그림자처럼 그리고 다해씨의 그림자처럼 끈질기게 살아남아서 나를 괴롭혔다. 그리고 가을이 왔다고, 밤의 유령처럼 어두운 신촌 거리를 걸어가면서 나는 생각했다. 어느 날, 하루종일 대지를 비추던 따스한 태양이 서쪽으로 넘어가고 서늘한 기운이 대기를 점령해가고 있을 때였다. 벌컥 카페 문을 열고 들어온 다해씨가 사층 건물에서 창밖으로 뛰어내려 단숨에 달려왔다며 숨을 헐떡였다. "사층에서 뛰어내렸다고요?" "네! 한바탕 신나는 무대가 있었어요!" 그것은 개들에서 우리와 어울리고 늦여름 바닷가에서 태풍과 춤을 추며 완전히 용기를 회복한 다해씨가 자신에게 주어진 투명인간이라는 캐릭터를 당당하게 받아들이며 시작한 이학기가 한 달도 지나지 않아서 막을 올린 일급 막장 드라마였다. "모두가 한통속이고 나 혼자만 외톨이인 줄 알았더니 그 한통속이 자가 분열을 하여 측은한 전쟁이 벌어졌어요." 물론 그 전쟁은 이미 오래전부터 장막 뒤에서 준비되고 있었으나 다해씨가 미처 알아차리지 못한 것으로, 그녀의 눈에 띄게 되면서 순식간에 발단 전개 위기 절정 대단원이라는 극히 교과서적인 5단 구성을 완성하며 숨겨져 있던 맨얼굴을 드러냈다. 그녀가 '송장메뚜기와 무당거미의 대격전'이라는 싸구려 제목을 붙여준 그 드라마가 최종 주제를 드러내기 전까지, 순진한 바보였던 다해씨는 그 급박한 드라마가 한국의 대학 역사에 길이 남을 찬란한 지성의 잔치인 줄 잘못 알았다면서 숨이 넘어갈 듯이 웃음을 터뜨렸다. "그 곤충들한테 완전히 속았어요!" 송장메뚜기와 무당거미는 대한민국의 대학 캠퍼스에 잠복해 있는 한심한 구태들을 들쑤셔 전시하면서, 그 쓰레기들을 배경으로 하다보니 더더욱 빛나지 않을 수 없는 자신들의 숭고한 깃발을 흔들었고, 날마다 상쾌한 아침 공기를 마시며 캠퍼스로 들어서는 그녀에게 마치 호외를 나눠주듯 학문적 언어로 포장된 계산서를 내놓았다. 송장메뚜기와 무당거미는 제각각 상대를 극히 반학문적인 속물이라고 욕하면서 온갖 추잡한 증거들을 저속한 수사로 열거했는데, 자신들이 그렇게 저급한 표현을 사용할 수밖에 없는, 유감스러우나 정당한 근거를 바로 그 표현 대상의 저급함에서 찾았다. 그들은 묘사 대상이 추잡한데 어떻게 추잡한 표현을 사용하지 않을 수 있겠는가, 하는 때아닌 리얼리즘 논쟁까지 벌여가면서, 겉으로는 극히 무관심한 태도를 내보이면서 실상은 숨을 죽인 채 그 싸움의 결과를 지켜보고 있던 다른 무수한 잠재 파벌들에게 추파를 던졌다. 사실 그들 자신은, 학문이라는 이름으로 그럴듯하게 포장된 그 드라마가 이른바 밥그릇 싸움이라고 불리는, 학문 그 자체와는 아무런 상관도 없는 지극히 현실적인 이해관계의 드라마라는 것을 너무나 잘 알고 있었다. 오직 한 사람, 바보 같은 다해씨만이 모르고 있었다. 그녀는 최종 결전의 그날에야 송장메뚜기와 무당거미가 격렬하게 싸우는 것을 보고 그 사실을 깨닫게 되었다. 그러자 허파 깊숙한 곳으로부터 터져나오는, 마치 기관차가 폭주하는 듯한 격한 웃음을 멈출 수가 없었다. 우두머리 송장메뚜기와 우두머리 무당거미가 서로 들이받고, 물어뜯고, 오줌을 갈기고, 급기야 옷을 찢어 앙상하고 추한 알몸을 까발리기까지 그녀는 계속해서 웃음을 토하지 않을 수가 없었다. "웃다가 죽을 뻔했어요." 그녀가 외쳤다. 마침내 우두머리 송장메뚜기가 상처로 얼룩진 추한 알몸을 이끌고 자리를 뜨자 그를 추종하는 자들도 우르르 복도로 나갔으며, 남은 무당거미들은 자신들이 한편이라는 사실을 온몸으로 보여주기 위하여 추하기 짝이 없는 알몸의 우두머리 무당거미를 에워쌌다. 미친듯이 웃어대던 다해씨는 어느 순간 자신이 홀로 뚝 떨어져 있다는 사실을 깨닫고서야 웃음을 멈출 수 있었다. 보아하니 그녀도 선택을 해야 하는 결단의 시간이었다. "하도 웃어서 가슴이 아팠어요!" 그 아프고 아름다운 가슴에 두 손을 대고 가만히 생각해보니 그녀가 그들을 지극히 혐오하며, 그들의 실체를 제대로 보지 못한 그녀 자신 또한 혐오한다는 사실을 보여줄 수 있는 방법은 단 하나밖에 없었다. 그것은 복도로 나가지도 않고 거기에 남아 있지도 않는 것인데, 그럴 수 있는 유일한 방법은 창밖으로 뛰어내리는 것이었다. 창문을 열고 아래를 보니 아찔했지만 그녀는, 안에서는 무당거미들이 그리고 밖에서는 송장메뚜기들이 서로서로 위로하고 전의를 다지느라 그녀 같은 바보 천치에게는 눈곱만큼도 관심이 없는 가운데 홀로 뛰어내렸다. 사층이었음에도 불구하고 멀쩡했다. 오층이었다고 해도 그녀는 뛰어내렸을 것이다. "내가 나 자신일 수 있는 방법은 그것밖에 없었어요!" 원래 잘 웃지만 평소의 웃음에서 어두운 한 꺼풀을 더 벗겨버린 듯이 진정으로 맑은 웃음이 가시지 않는 그녀의 얼굴을 보면서 나는 진심 어린 마음으로 박수를 쳐주었다. 그녀가 이제 진짜로 용기를 얻게 되었으며 그런 수준의 용기라면 어떤 긴 터널도 돌파해 갈 수 있으리라고 나는 생각했다. 나는 그녀의 몸에서 나던 은은한 향기를 떠올리며 기적처럼 단 한 대의 차도 보이지 않는 도로를 무단으로 건너갔다. 캠퍼스 쪽 인도로 올라서니 시커먼 고양이 한 마리가 나를 응시하고 있었다. 깜짝 놀라 우뚝 멈춰 서자 나의 그 동작에 놀란 고양이가 몸을 비틀어 돌무더기를 뛰어넘어 어둠 속으로 몸을 던졌다. 나는 다시 걸음을 옮겨놓으며 생각을 이어갔다. 낯선 손님이 나타났다. 다해씨의 남자가 카페 개들에 나타났다. 나는 전혀 놀라지 않았다. 단 한 번도 상상해보지 않았음에도 불구하고 이미 여러 번 상상해 보았던 일인 것처럼 받아들였다. 특별히 끌리는 인상도 특별히 부담스러운 인상도 주지 못하는 극히 평범한 얼굴의 사내였다. 양복 차림의 그가 개들에 나타났을 때 나는 다해씨의 남자일 거라고는 눈곱만큼도 생각하지 못했다. 나는 개 주인에게 볼일이 있는, 동네 주민센터에 근무하는 공무원일지도 모르겠다고 생각했다. 그런데 알고 보니 다해씨를 찾아온 사람이었다. 방황하던 다해씨가 우연히 발견한 개들에서 주말마다 우리와 함께 세상을 욕하면서 상처를 치유해가던 어느 화창한 봄날 강제로 선을 봐서 알게 된 남자라고 했다. 영수라는 이름을 가진 그는 처음 본 순간 다해씨에게 몸매도 인상도 딱 아저씨라는 느낌을 주었다고 하는데, 그 사람도 나도 한강의 기적의 나라 대한민국에서의 호칭에 의하면 이미 젊은 아저씨들이었지만 그는 특별히 더 아저씨를 연상시키는 외모의 소유자였다. 다해씨는 그 아저씨가 스스로 도망치게 만들기 위하여 평소와 조금도 다름없이, 즉 처음 만난 자리에서 바로 담배를 꺼내놓았다고 한다. 그러나 아저씨는 당황하지 않았다. 오히려 여유 있는 미소를 띠면서 흥미롭게 바라보았다. 당황한 쪽은 다해씨였다. 통통한 사각형 얼굴에 떠오른 수수한 미소가 계속 날아와 그녀의 얼굴을 어루만지는 듯했다. 맞선 장소로 나가면서 이미 녹슨 자물쇠처럼 잠겨 있던 그녀의 가슴에 미풍이 일어나는 게 느껴졌다. 그 아저씨풍의 노총각은 다해씨의 쇼트커트 머리에 대해서도 이른바 빵떡모자에 대해서도 남자들처럼 넥타이를 매고 다니는 것에 대해서도 전혀 개의치 않았을 뿐만 아니라 오히려 다해씨의 모든 것에 대해서 적극적으로 긍정적인 관심을 표했다. 다해씨의 호기심이 급상승했다. 그녀는, 하는 일이나 풍기는 인상으로는 자신과 같은 튀는 노처녀에게 거부감을 가져야 정상일 남자가 도대체 어떤 이유에서 정반대로 나오는지 알고 싶었다. "그래서 그가 원할 때마다 잠깐씩 만났어요." 그녀가 말했다. "아!" 나는 그저 감탄할 뿐이었다. "근데, 알고 보니 졸부 아버지한테 심하게 억압을 받은 사람이었어요." "아!" "나를 통해서 해방되고 싶어하는 것 같아요!" "아!" 다해씨의 진단은 정확했다. 남자의 아버지는 우연한 기회와 그것의 교활한 활용으로 부자가 된 사람이었다. 그도 다해씨의 아버지처럼 가난한 농부의 자식이었다. 조상들이 모두 그랬듯이 그도 불만을 감추고 조용히 살아갈 수밖에 없는 운명이었다. 그러나 우연이 그의 운명을 바꿔놓았다. 그가 물려받은 전답이 한 대기업의 대규모 개발 계획에 포함된 것이었다. 그는 그 기회를 최대한 활용했다. 이웃 사람들이 극히 만족스러워하며 모두 떠난 뒤에도 끈질기게 남아 버텼다. 그는 최초에 제안 받은 풍족한 땅값의 열 배를 챙길 수 있었다. 그런 다음 그는 억눌러두었던 야망을 드러냈다. 그는 다해씨의 젊은 아버지가 잡부로 따라다녔던 바로 그 집장사꾼으로 거듭났다. 그는 비슷한 모양새의 무수한 주택을 지어 팔았다. 그리고 거둬들인 수입으로 많은 고만고만한 빌딩을 사들이고 재개발하여 임대 사업가로 정착했다. 한편, 그의 유일한 아들인 영수 아저씨가 꿈꾼 인생은 교육대학교를 나와 초등학교 선생이 되어 순박한 시골 아이들과 한평생을 지내는 것이었다. 그러나 부자의 길에 들어선 그의 아버지는 영수씨가 아직 어린아이일 때부터 법대와 사법고시라는 말을 고막이 아프도록 읊어댔다. 하지만 그의 바람과는 달리 갖은 과외수업으로 진이 빠진 아들의 성적은 중학교 이학년을 정점으로 하강하기 시작하여 다시는 회복되지 않았을 뿐 아니라 오히려 바닥을 향하여 한없이 떨어져갔다. 그는 수시로 아버지에게 엄청나게 매질을 당했으나 천성이 착한 탓에 다행히 비뚤어지지는 않았으며, 먼 친척이 있는 지방 도시의 한 전문대에 간신히 진학하여 장차 아버지의 임대업을 물려받을 준비를 할 수 있었다. 스스로 장부 정리 공부시간이라고 표현한 이 년의 전문대 생활을 마친 그는 군대를 다녀온 뒤 바로 아버지의 사무실에 나가 많은 숫자의 임차인들과 빌딩 소재 지역의 이웃들 그리고 관계 공무원들을 어떻게 상대해야 하는지부터, 능력이 안 되다보니 아버지가 남의 손에 맡겨놓고 가장 아쉬워한 영역인 세무 관련 업무까지 하나하나 익혀나갔다. 그렇게 칠팔 년이 지난 뒤 그의 아버지는 이선으로 물러나 퇴역 장교들, 퇴임 공무원들, 다양한 업종의 전현직 사장들과 어울려 노는 제2의 인생을 시작했고, 그는 아버지의 사업을 물려받은 2세 사장으로서 본격적인 사업가 생활을 시작했다. 정력적인 그의 아버지가 가장 좋아한 것은 자신과 비슷한 이력의 친구들과 어울려 동남아 여러 나라로 돌아다니며 골프를 치고 술을 마시고 젊은 여자들과 즐기는 것이었던 반면, 그가 가장 좋아한 것은 걱정거리가 해결되고 난 뒤에 맞이하는, 아무도 없는 일요일의 텅 빈 집에서 아무것도 하지 않고 드러누워 홀로 빈둥거리는 것이었다. "그 사람은 언제나 도망치고 싶은 마음을 고작 그런 식의 소극적인 자유만으로 버텨왔어요. 천성적으로 자신에게 주어진 그런 현실을 거부하지 못하는 온순한 사람이에요." 그런 성격과 이력을 보면 그가 결혼을 해도 이미 옛날에 했어야 할 텐데 어떻게 그렇게 오래 독신을 유지할 수 있었느냐고 나는 물었다. "바로 딱 그것 하나가 그 사람이 아버지의 뜻을 받아들이지 않은 유일한 것이었대요." 그런 점은 다해씨의 경우와 겹쳐지는 부분이 없지 않았다. 영수씨는 아버지가 중매인을 통해서 권하는 많은 여자들을 만났지만 조금이라도 마음이 끌리는 사람은 단 한 명도 없었다. 그는 자신에게 접근한 모든 여자들 쪽 어른들과 중매쟁이들이 그 자신보다도 아버지의 돈을 주목하고 있다고 믿었다. 부모님의 결혼생활을 밀착 동행한 목격자로서 그는 결혼을 하고 싶다는 욕구 자체가 강하지 않았다. 다해씨가 영수씨로부터 어머니에 대해 듣게 된 것은 두 사람이 만나고서 한참이나 지난 뒤였는데, 약간의 소아마비 증세가 있고 교회에 나가는 것 외에는 남편에게도 자식에게도 관심이 없었던 그의 어머니는 이미 오래전부터 그 역시 광적인 신도인 독신주의자 언니와 함께 살고 있어서, 이따금 어린 시절의 흐릿한 기억과 더불어 슬프고 우울한 기분을 안겨주는 멀리 떨어진 풍경 정도밖에 되지 않았다. 다해씨는 그 남자에 대한 이해도가 급속히 상승하고 더불어 연민의 감정이 구름처럼 피어오르는 것을 느꼈다. 그런 이해와 공감에 이르렀을 무렵 다해씨는 영수씨가 자신에 대해 오해하지 않도록, 그동안 적당히 연막을 치고 있던 자신의 이력을 그에게 들려주었다. 그 사람이 그녀가 의도적으로 연출하고 있는 자유분방한 겉모습에 속아서 상처라고는 전혀 없는 평화로운 사람으로 볼까봐 걱정이 되었던 것이다. 하지만 얘기하고 보니 그는 이미 그녀의 이력에 대해서 알 만큼 알고 있었으며 그녀의 말을 통해 직접 들어서 알게 된 그녀의 남다른 내면에 대해서도 전혀 놀라지 않았다. 그렇다면 그가 다해씨와 동병상련적인 동지의식이라도 갖게 되었다는 것인가. 그 질문을 두고 다해씨는 다각도로 그를 관찰하고 내면을 뒤져보았으며, 그런 끝에 자신에 대한 구애의 빛깔을 띤 그의 강한 관심은 그런 동지의식과는 거리가 멀다는 것을 알았다. 그는 그녀를 자기 수렁에서 스스로 탈출하여 당당하게 독립한 성공적인 자유인으로 여기고 있었으며, 그녀를 진정으로 존경하고 있었고, 그녀를 통해서 일종의 대리만족을 얻으려 하고 있었다. 영수씨의 카페 행차가 잦아졌다. 그는 카페를 찾을 때마다 한아름의 꽃을 들고 나타났다. 다해씨를 만나기 전에는 자신이 그렇게 큰 꽃다발을 들고 쏟아지는 거리의 시선을 견뎌낼 수 있을 거라고는 꿈에도 생각하지 못했다고 그는 고백했다. 그러면서 수줍게 웃는 그를 보며, 나는 그가 다해씨를 진심으로 존경하고 있으며, 그와 같은 수준의 존경이라면 온몸으로 뜨겁게 불타오르는 젊은 사랑보다도 훨씬 더 강렬할 수 있겠다고 생각했다. 은근한 질투심이 느껴졌다. 위안이 되는 것은 우리가 알고 있는 다해씨가 아직은 그런 영수 아저씨의 꽃다발을 거북스러워하고 있고, 그가 자신을 대등한 주체로 그녀 앞에 내놓지 못하고 스스로 무릎을 굽힌 채 다가오고 있다는 사실에 대해 반신반의하고 있다는 것이었다. 다해씨는 최소한 카페 개들에서만은 우리와 함께 대화하고 어울리는 그 남자를 자신의 남자가 아니라 그저 카페에서 함께하는 남자를 대하듯이 대했으며, 그가 특별한 내용도 스타일도 봐줄 게 없는 그저 그런 소리를 하면 대놓고 핀잔을 주면서 우리가 그 가벼운 야유에 동참하는 것을 즐기기까지 했다. 그러나 가을이 깊어가고 마침내 겨울에 바통을 넘겨준 그 세월의 흐름과 나란히, 다해씨는 그가 지치지도 않고 변함없이 들고 오는 그 꽃을 차츰 좋아하게 되었으며, 더불어 우리가 그 남자를 놀릴 때면 어색하게 불편한 기색을 살짝살짝 내보이게 되었다. 나는 그녀의 흔들리는 눈빛에서 그 사실을 읽었으며 나의 독해가 옳았다고, 먼지 냄새가 피어오르는 지하도 곁을 지나가면서 생각했다. 내가 마지막으로 그 지하도를 걸은 게 언제였던가 부질없이 계산하던 나는 그 쓸데없는 상념은 접고 다해씨가 내게 연락해서 만나고 싶다고 했던 그 진짜 마지막날을 생각했다. 새해가 밝고서 채 보름도 지나지 않은 어느 날이었다. 나는 이유를 묻지 않았다. 만나고 싶다는 데 무슨 이유가 필요한가, 이런 원초적인 믿음 때문이기도 했지만, 그녀가 전격적인 결단을 내렸다는 확신이 든 탓이기도 했다. 다해씨는 커다란 털모자가 달린 두터운 외투를 입고 있었다. 나는 화장을 하지 않은 부스스한 그녀의 얼굴에서 느껴지는 친근감을 음미하면서 그녀가 먼저 말해주기를 기다렸다. 우리는 몇 잔의 술을 기울였다. 두서없는 소리를 주고받았다. “집은 춥지 않아요?” “뭐 타고 왔어요?” “저녁에 노을이 멋졌는데 혹시 봤어요?” 등등. 그리고 길이 끊어지듯이 침묵이 찾아들었다. 그녀의 까만 눈이 더 깊어 보였다. 그 깊은 눈이 내 눈을 피하고 있었다. 그녀는 눈길을 아래로 내린 채 가만히 있었다. 대각선으로 천장을 응시하기도 했다. 이윽고 나를 똑바로 바라보았다. 이제는 조금 슬퍼 보였다. "영수씨하고 결혼하기로 했어요." 다시 천장으로 눈길을 옮겼다. "아, 네!" 나는 눈길을 아래로 내렸다. 그녀도 나도 서로를 쳐다보지 않았다. 다시 보니 그녀는 탁자 왼쪽 구석에 초점 없는 시선을 닻처럼 내리고 있었다. 나는 그쪽을 잠깐씩 쳐다보면서 술잔과 담배와 바닥에 떨어진 종잇조각 같은 것들로 옮겨다녔다. "부모님의 간섭으로부터 완전히 해방되고 싶어요." 그녀가 속삭이듯 말했다. "돈 걱정 없이 공부하고 싶어요. 영수씨의 지원이라면 가능할 것 같아요. 정말 걱정 없이 원없이 공부해보고 싶어요." 원없이 공부한다는 것! 그녀라면 정말 그렇게 할 수 있을 것이다. 정말 제대로 공부할 수 있을 것이다. 그래서 있으나마나 한 논문이 아니라 없는 것보다는 있는 게 명백히 더 나은 논문을 써내는 진짜 학자가 될 수 있을 것이다. 그 사실을 나는 믿어 의심치 않았다. "축하해요!" 내가 말했다. "진심이죠?" 그녀의 얼굴이 활짝 펴졌다. "그럼요." 나는 힘주어 말했다. 그녀가 나를 가만히 바라보았다. "하나도 안 놀라네요?" 나는 상기된 표정의 그녀를 향해 편안한 미소를 지으려고 애썼으나 잘되지 않았다. "사실은 놀랐어요." 그녀가 고개를 끄덕였다. "그 사람을 내가 소녀 시절에 꿈꾸었던 그런 방식으로는 전혀 사랑하지 않는 것 같아요." 그녀의 눈길이 다시 대각선으로 천장을 향해 옮겨갔다. "하지만 그 사람이 나를 그렇게 원하니까 내가 나쁜 짓을 하는 건 아니라고 봐요." 그녀는 내 잔에는 부딪치지도 않고 자기 잔을 들어 혼자서 맥주를 쭉 들이켜더니 대구포를 씹으며 나를 바라보았다. "어떻게 생각하세요?" 나는 그녀의 잔에 맥주를 채워주고 이번엔 나 홀로 잔을 비웠다. 그녀가 정확히 무엇에 대해서 묻는 것일까 생각해보았다. "왜 나한테서 대답을 들으려고 해요?" 나는 그렇게 포괄적으로 되묻는 것으로 대답을 피했다. 그녀는 나를 외면한 채, 자신이 결정해야 할 자기 인생이긴 하지만 꼭 나에게 물어야 할 것 같았다고 했다. 그녀는 잠시 사이를 두었다가 나를 쳐다보며 말을 이었다. "좋아하는 것과 결혼은 별개라는 것도 인생의 중요한 매력들 혹은 스릴들 중의 하나인 것 같아요." 그녀는 비어 있는 나의 잔에 맥주를 채워주고 자기 잔을 들어 내 잔에 부딪쳤다. 나는 그녀의 눈길을 피한 채 잔을 비웠다. 새로운 병을 따서 그녀의 빈 잔을 채워주었다. 다해씨는 술병을 건네받기 위해 손을 내밀었다. 그녀가 빈 잔에 술을 따라주었다. 영수 아저씨와 관련하여 내가 마지막으로 내놓은 말은 어떤 인생에 있어서도 선택은 자신이 하는 것이라는 너무나도 멋대가리 없는 맥빠진 정답이었다. "자칭 잘 안 팔리는 속물 은둔 작가다운 말씀이세요." 그녀가 빙그레 웃었다. 나는 그녀가 내 얼굴을 편안하게 바라보면서 그렇게 말할 수 있게 되었다는 것이 기뻤다. 우리는 개들을 찾은 다른 사람들과도 어울려 가면서 밤늦게까지 우리가 읽은 책과 정치와 연극 등에 대해 떠들며 즐거운 시간을 보냈다. 두시가 되었다. 우리는 개들을 떠나기로 했다. 최대한 멀리까지 걸어보기로 했다. 우리는 광화문 쪽으로 방향을 잡고 신촌을 떠났다. 밤바람이 차가웠다. 그녀는 에스키모들이 쓸직한 털모자를 덮어썼다. 그래서 바로 곁에서 걷고 있는데도 그 사람의 얼굴을 볼 수가 없었다. 일정한 간격을 두고 자동차나 가로등 불빛을 받아 뽀얗게 드러나는 입김만이 그녀의 존재를 말해주었다. 방향을 잡고 걷기 시작하여 우리는 곧 침묵에 빠져들었다. 그러기를 한 시간이 흘렀다. 다해씨가 모자를 벗고 나를 바라보았다. "왜 얼굴이 안 보인다고 하지 않았어요?" 어둠 속에서 미소 띤 검은 눈이 반짝이고 있었다. "내 얼굴도 보지 못했을 텐데요." 그녀는 담배를 꺼냈다. "아니요. 보였어요." 나는 의아해서 쳐다보았다. 그녀는 길게 연기를 내뿜었다. "이런 생각을 했어요. 내 눈에도 남들의 눈에도 보이지 않지만, 항상 내 곁에 바짝 붙어서 언제까지나 걷고 있다고요." "누가요?" "누군 누구겠어요?" 그녀는 후훗 웃으며 힐끗 쳐다보았다. 나는 어색하게 웃어주고 재빨리 담배를 피웠다. 가슴이 붕괴하는 듯한 상실감이 엄습했다. 나는 건조하고 차가운 검은 밤하늘을 향해 연거푸 하얀 연기를 길게 뿜어냈다. 다해씨가 갑자기 내 팔짱을 꼈다. 그녀는 자신의 얼굴을 내 어깨에 바짝 붙였다. "우주 속을 걷고 있는 것 같아요." 그녀가 말했다. 나는 우리가 살고 있는 지구도 우주라는 멋대가리 없는 말을 할 뻔하다가 입을 닫았다. 다해씨는 영수 아저씨와의 결혼생활에 대해서, 마치 처음으로 멀리 수학여행을 떠나기 전날 밤, 기대감에 차서 잠을 이루지 못하고 상상의 나래를 펴는 어린아이처럼 떠들기 시작했다. 그녀가 가장 기대하는 것은 안락한 서재였다. 생활비 걱정이 사라진다는 것도 기대 목록의 상위에 속했다. "그게 어떤 경지인지 겪어보면 그 때문에도 매일매일이 신기하고 경이로울 것 같아요." 삶의 모든 경이로움은 영원하지 않다. 내가 이미 잘 알고 있었듯이 그녀도 잘 알고 있었다. "물론 언젠가는 익숙해져서 무덤덤하게 되어버리겠죠." 그녀가 말했다. "하지만 그렇다는 걸 알고서 시작하는 것이니 그렇게 된다고 해서 바보처럼 징징거리는 일은 없을 거예요." 그녀는 정말 열심히 공부하고 싶다고 했다. 모든 걱정을 잊어버리고 공부하고 싶다고 했다. 그녀는 두 사람이 한집에 함께 살게 됨으로써 발생할 수 있는 일들을 하나하나 나열해가면서 마치 양념처럼, 아니면 후렴처럼 그 얘기를, 정말 열심히 공부하고 싶다고, 생활비 걱정 없는 상태에서 공부하고 싶다고, 바로 그 기대가 그 사람을 선택하게 만들었다는 것을 알아달라는 듯이, 그러나 그렇게 드러내놓고는 전혀 표현하지 않고, 정말 열심히 공부하고 싶다고, 생활비 걱정 같은 건 하지 않고 한 달이고 두 달이고 모든 것을 잊어버린 채 연구에 몰두해보고 싶다고 했다. 나는 그녀가 진정으로 그렇게 되기를 마음으로 빌어주고 또 입 밖으로 소리내어 말해주었으며, 쓸데없는 과잉친절까지 베풀어서, 하지만 모든 희망이 자기 뒤에 거느리고 있는 그림자까지 외면해서는 안 된다고도 말해주었다. "모든 것이 잘되기만 하지는 않을 거라는 말이군요." 그녀가 말했다. "내 말이 잔인하게 들릴 수도 있겠지만." 그녀가 내 말을 막았다. "아니에요. 전혀 잔인하지 않아요. 그게 진실이라는 걸 잘 알아요." 다해씨는 오늘밤 나로부터 그런 말을 들을 수 있어서 기쁘다고 했다. 그녀의 그 말은 나를 기쁘고 슬프게 만들었다. 우리는 다시 침묵에 잠겨 차가운 한겨울 한밤의 인적 없는 거리를 부지런히 걸어갔다. 나는 자기를 봐달라고 하루종일 고함치다가 지금은 어둠에 잠겨서 쉬고 있는 간판들을 눈으로 훑었다. 깊은 어둠에 덮여 무슨 말을 하고 있는지 잘 분간도 되지 않는 간판들이, 자신의 방에서 자신의 냄새가 밴 이불을 덮고 곤하게 자고 있을 지친 사람들처럼 보였다. 지금은 평화롭지만 몇 시간만 더 지나면 아직 해도 떠오르기 전에 이미 자고 있던 사람들도 거리의 간판들도 자기를 봐달라고, 다른 것은 보지 말고 오로지 자신만을 봐달라고 또다시 고함을 지르기 시작할 것이다. 머리를 푹 숙인 채 자기 발을 열심히 보고 있던 다해씨가 갑자기 고개를 들었다. 그러나 나를 쳐다보지는 않고, 지난해 남해안에서 태풍과 함께 춤을 추었던 그 시간을 상기시키고는, 내가 지친 나의 청춘을 내버리고 오려다가 실패한 그 시간을, 그녀와 내가 함께했던 그 시간을 영원히 잊지 않겠다고 했다. 나는, 팔짱을 끼느라 바깥으로 드러나 있는 그녀의 싸늘한 맨손을 잡아 내 외투의 주머니 속에 넣어 꼭

쥐었다. 그런 상태로 우리는 다시 완전한 침묵 속에 한 걸음 한 걸음 걸어서 광화문을 지나 종로2가까지 걸어갔다. 사람들이 거의 보이지 않고 차들도 거의 다니지 않는데다 가로등도 일부에만 불이 들어와 있고 빌딩들 역시 몇몇 간판과 비상구 표시등만 켜져 있는 겨울 도심의 심야 거리는, 그런 곳에는 한 번도 가보지 않았지만 까마득히 멀리 지평선이 보이고 아름다운 길이 끝없이 이어지는 광활한 들판처럼 느껴졌다. 그런 길을 야간 도보 여행자처럼 걸어가던 우리는 우리가 눈치채지 못한 어느 사이엔가 까맣던 사방이 회색 어둠으로, 마치 곤충이 탈피를 하듯이 바뀌어 있는 것을 발견했으며, 그로부터 얼마 되지 않아 통행량이 늘어나기 시작하고 밤새 입을 쉬고 있던 간판들도 자기를 봐달라고 고함을 치기 위해 하나둘 기지개를 켜는 것을 보았다. 어둠이 완전히 사라지면 어쩐지 우리의 여행이 초라해져버릴 것 같아서 나는 술을 마신데다가 오랜 시간 걸었으니 뭔가를 먹고 환해지기 전에 작별하기 위하여 서둘러 다해씨를 뒷골목의 조그만 분식집으로 데리고 갔다. 벽과 낮은 천장이 온통 손님들의 낙서로 가득 채워진 그곳에서 라면이 나오기를 기다리던 다해씨는 갑자기 반짝 미소를 띠면서 일어서더니 천장의 한구석에 자기 이름과 내 이름을 적어놓고는 아이처럼 환하게 웃으며 돌아와 앉았는데, 다해씨와 나의 그 유일무이한 흔적은 말할 필요도 없이 이미 오래전에 사라져버렸다. 한강의 기적의 나라 대한민국은 수도 서울의 신촌에서뿐만 아니라 수도 서울의 종로2가에서도 시간은 똥과 동의어이다. 우리는 입김을 후후 불어가며 뜨거운 라면을 맛있게 먹었다. 우리보다 먼저 그곳에서 만두를 먹고 있던 젊은 여자가 살짝 우리를 훔쳐보았다. 어둡고 우울해 보이는 그녀가 계산을 하고 밖으로 나가자 다해씨가 내게로 얼굴을 가까이하고 속삭였다. "저 여자 몸 팔고 가는 걸 거예요." 그 말의 내용은 물론 그녀가 내게 그런 말을 한 것에 놀라 멈칫하자 다해씨는 개구쟁이처럼 눈웃음을 쳤다. "그걸 어떻게 알아요?" 내가 묻자 그녀가 바로 말했다. "느낌!" 다해씨는 눈을 내리깔면서 씁쓸한 얼굴이 되더니 후루룩 국물을 떠먹었다. 나도 국물을 떠먹었고 그다음부터 그릇이 바닥을 보일 때까지 우리는 아무 말도 하지 않고 먹기만 했다. 이윽고 그릇이 비었을 때 아까 그 여자는 이미 내 기억에서 흐릿해져 있었다. "아직 어두울 때 떠나는 게 좋겠어요." 서둘러 계산을 하고 나오며 말하자 내 팔짱을 끼던 다해씨도 고개를 끄덕였다. 그녀는 내 팔을 잡은 손에 힘을 꽉 주었다. 그 상태로 우리는 큰길로 나왔고 벌써 많은 차들이 질주하고 있는 거리를 멍하니 바라보았다. 머지않아 그녀가 이용하는 노선의 첫차가 왔다. 나는 아무도 타고 있지 않은 텅 빈 버스에 그녀를 태웠다. "잘 지내요!" 그녀가 멈춰 있는 버스의 창 안쪽에서 입모양으로 말했다. 나는 손을 흔들어주었다. 그녀는 웃지도 않았고 특별히 울적해 보이지도 않았다. 버스가 움직이기 시작했다. 그녀가 이쪽과는 다른 차원으로 슬그머니 넘어가는 것 같았다. 분식집에서 만두를 먹고 있던 그 여자의 얼굴이 또렷이 떠오르면서 나는 급격히 우울해졌다. 나는 그 자리에 그냥 서 있었다. 기이할 정도로 빨리 하늘이 밝아졌다. 무엇 때문인지 알 수 없는 깊은 슬픔이 밀려왔다. 다해씨를 태운 버스는 이미 보이지 않았다. 수십 분이 지나도록 나는 그냥 서 있었다. 나는 슬펐다. 아주 슬펐다. 카페 개들로 돌아가기 위해 횡단보도를 건너면서 나는 그때의 그 슬픔을 어금니로 지그시 씹었다. 그해 5월 하순을 생각했다. 결혼식장에서 다해씨의 가족들을 보았다. 그때도 슬펐다. 그것이 밖으로 터져나오지 못하게 어금니로 꾹 누르고 있어야 했다. 그녀의 부모는 어떤 화장과 치장으로도 감출 수 없는 밑바닥 노동의 찌든 흔적이 온몸 가득했으며, 그녀와 동시대를 살아온 두 오빠도 피곤과 경박함 그리고 열등감에서 비롯된 분노의 기색 때문에 마치 참석을 원하지 않는 결혼식장에 억지로 끌려온 사람들처럼 보였다. 내 울적한 감정을 다해씨의 남편이 될 영수씨의 가족이 감싸주었다. 그 사실이 또다른 울적함을 만들어냈다. 나는 정력적인 아버지와 새침한 어머니 그리고 밝은 표정의 여동생들이 발산하는 중상류층 사람들 특유의 여유와 편안함을 보았다. 아마 조상에게서 물려받은 땅을 팔아 일찌감치 물질적 풍요로 자신들을 먹이고 치장할 수 없었더라면 그들도 별반 다르지 않았을 것이다. 당연히 그런 전제와 결과는 지금은 없는 귀족이나 왕족의 경우에도 해당되는 것이다. 영수 아저씨는 완전히 마음을 비운 사람이 내보일 수 있는 그런 환한 웃음으로 나를 반겼다. 그는 포옹까지 하면서 자신들의 결혼식에 와줘서 얼마나 기쁜지 모르겠다고 들떠서 말했는데, 나는 진심으로 두 사람이 행복하기를 바라지만 만약 그렇지 못할 경우엔 주저하지 말고 카페 개들로 와서 나를 비롯한 여타의 개들과 대화를 나누며 자신을 돌아보라고 충고해 주었다. 그는 어린아이처럼 웃으며 좋아했다. 홀은 아직 한산했다. 나는 깔끔한 검은색 투피스를 입은 여자가 피아노를 치고 있는 홀 안으로 들어가 여기저기 둘러보았다. 복도의 후미진 곳으로 물러나 있는데 다해씨와 함께했던 짧고 농축된 시간들이 떠올랐다. 나는 화장실에서 소변을 보았다. 손을 씻고 거울 속의 나를 쳐다보았다. 자연스런 미소를 머금는 연습을 했다. 입술을 이 정도 강도로 이 방향으로 잡아당기고 멈추면, 하고 감각을 익혔다. 그러나 신부 대기실로 들어서면서 다 잊어버렸다. 여전한 쇼트커트에 귓가에는 안개꽃을 꽂고 레이스와 같은 장식이 많지 않은 단순한 디자인의 드레스를 입은 다해씨도 자기 곁에 서 있는 몇몇 여성들과 얘기를 나누며 불안정한 미소를 머금고 있었다. 입구에서 약간 비켜서 그 모습을 지켜보던 나는 안쪽으로 걸어들어갔다. 누구인지 얼굴을 보기 위해 그녀가 고개를 들었다. “오!” 그녀는 나를 보고 방긋 웃었다. 이어서 감정이 북받쳐오른 듯 표정이 일그러졌다. 그러나 강인한 그녀는 다음 순간 바로 평정을 되찾았다. 두 눈에 힘을 주고 생글거리면서 고맙다고 인사를 했다. 그녀가 머리를 살짝 숙였다가 다시 나를 쳐다보자 초롱초롱한 두 눈이 별처럼 반짝거렸다. "축하합니다." 나는 하얀 장갑을 낀 그녀의 손을 잠깐 잡았다가 놓았다. 또다시 감정이 북받쳐오른 듯 다해씨의 까만 눈에 눈물이 차올랐다. "울지 마세요, 다해씨." 나는 그녀의 두 눈을 가만히 바라보면서 속으로 말했다. 눈물에 대해서 신랄하고 멋진 성찰을 들려주었던 그녀의 눈에 고인 눈물을 보면서, 그녀의 까만 눈을 더욱 반짝이게 만드는 그 눈물을 보면서, 나는 그녀 속에 울컥 솟구친 그 감정의 실체가 무엇일까 생각해보았다. 아마도 그녀가 살아온 삶 자체에 대한 사무친 소감이었을 것이다. 깊디깊은 슬픔이 내 가슴에도 가득 차올랐다. 우리가 한 시절 함께하면서 주말 밤마다 개들의 무대에 올렸던 그 많은 내면들의 극장과, 아라비안나이트처럼 끝없이 이어졌던 그 많은 이야기들이 떠올랐다. 나는 슬그머니 복도로 물러나왔다. 식장 안으로 들어와달라는 안내 방송이 흘러나오고 있었다. 나는 계속 복도에서 서성거리다가 쇼트커트에 안개꽃을 꽂은 아름다운 신부가 환한 미소를 입가와 눈가에 그린 채 입장하는 것을 보았다. 나는 다해씨가 나에게 뒷모습을 보이면서, 그녀보다 먼저 나와서 자신을 기다리고 있는 영수 아저씨를 향해 두려움 없이 성큼성큼 전진해 가는 것을 보고 예식장을 떠났다. 식장에 들어선 순간부터 자신의 결혼식인 양 들떠 있던 개 주인은 열심히 박수를 치고 있었다. 신촌으로 돌아온 그는 사진을 찍고 밥을 먹고 술까지 한잔했다며 불콰해진 얼굴로 웃었다. 이제 결혼했으니 언젠가 두 사람이 아기를 안고 찾아올 것이고 그러면 카페 개들의 역사에서 최초의 사건이 될 거라고 그가 말했다. 그러나 나는 그렇게 믿지 않았다. 그들이 아기를 낳을 수는 있을 것이다. 그러나 카페를 찾지는 않을 것이다. 나의 생각대로, 그리고 개 주인의 바람과는 달리 두 사람은 그후 한 번도 카페를 찾지 않았다. 몇 년 후 어느 가을날 심심해하던 개 주인은 느닷없이 다해씨가 주말에 찾아올 거라고 예언하더니, 하루종일 손님이 없었던 그날을 마감할 때는 다해씨가 행복하게 잘살고 있는 게 틀림없으며 그녀나 영수 아저씨가 카페를 찾지 않는 게 희소식이니, 이후 계속 볼 수 없기를 진심으로 바란다며 자신의 기대가 좌절된 것을 자위했다. 사십대 중반이 될 때까지 나는 다해씨를 만나지 못했다. 아무런 소식도 듣지 못했다. 그녀에 대해서 알아보려고 애쓰지도 않았다. 개 주인의 말을 믿고 싶었기 때문이었다. 무소식이 희소식이라고 나도 믿고 싶었기 때문이었다. 그러다가 어느 날 불현듯 그녀가 그리워졌다. 화산처럼 뿜어져나온 그리움이었다. 나는 신촌이라고 불리는 텅 빈 밤거리를 배회하면서 졸업식이 있던 그날을 생각했다. 내 머리 위로 무엇인가가 연달아 슥슥 지나갔다. 밤바람인가, 유령들인가. 나는 흠칫 움츠렸다가 어깨를 쫙 폈다. 그런 것들에 놀랄 내가 아니다. 다해씨의 아픈 추억과 그 마지막 여로에 대면 유령 같은 것은 티끌도 되지 못한다. 그날 나는 대학 정문 앞에서 우연히 안개꽃을 보았다. 아니, 커다란 안개꽃 뭉치를 가슴에 껴안은 어떤 여인을 보았다. 중년의 그 사람은 초조한 듯 두리번거리며 누군가를 기다리고 있었는데, 피로해 보이는 얼굴에 잔잔한 불안이 어려 있었다. 지나쳐 가던 나는 자석에 끌리는 쇠붙이처럼 고개를 돌리고 그녀를 보았으며 다른 행인과 부딪치고서야 똑바로 가던 길을 걸어갈 수 있었다. 그 여자의 인상이 뇌리를 떠나지 않았다. 밤이 되자 그녀의 얼굴은 다해씨로 바뀌어 있었고 나는 늦게까지 잠들지 못했다. 나는 다음날 바로 추적을 시작했다. 나의 추적은 어떤 남자 후배에서 시작하여 다섯번째로 만난 어떤 여자에서 끝이 났는데, 그렇게 마무리될 때까지 앞선 네 명의 남녀는 최소한 내가 이전으로 되돌아가지 않고 한 걸음 더 전진할 수 있게 적절한 다음 타자를 연결해주었다. 그들이 전해준 정보들을 통하여 나는 그동안 그녀에게 무슨 일이 있었는지 결국 알게 되었으며, 언제나 그랬듯이 삶의 어떤 궁금증이 해결된다고 해서 그게 꼭 만족스러운 것은 아니라는 사실도 다시 한번 확인하게 되었다. 다해씨는 자신이 바란 대로 정말로 아무런 걱정 없이, 생활비를 걱정하지 않고 사는 신비로운 평화 속에서, 오로지 공부만 한 끝에 최단기간에 필요한 학점을 모두 이수하고 전공 종합시험을 통과하여, 수년 뒤 박사논문을 제출하고 학위를 받았으며, 일 년 뒤에는 수도권의 한 대학에 교수로 임용되어, 자신의 어두운 인생 체험의 구체적인 사례들과 다양한 독서에서 비롯된 풍부한 관념을 무기로, 어린 학생들에게 강의를 듣는 기쁨과 더불어 지성의 연마에 동참해야겠다는 동기부여를 하며 열정적인 하루하루를 보냈다. 그런데 바로 그녀의 그 불타는 열정과 학생들의 열렬한 호응 때문에 자신의 나태와 빈약한 지성이 대낮의 나체처럼 까발려진 익명의 한 사람 혹은 몇 사람이 가한 반격에 의하여 그녀의 짧고 행복했던 시간은 폭포처럼 추락해버렸다. 익명의 공격자 혹은 공격자들은 공격의 방식에서만은 뛰어난 능력을 발휘했는데, 다해씨를 직접 공격한 것이 아니라 다해씨에게 열광한 바로 그 학생들 사이에 추문이 떠돌게 하고 그것이 그녀의 귀에 들어가도록 작전을 짰다. 다해씨가 급격히 무너진 것은 그들의 그 공격 방식이 야비해서이기도 했지만 그 이전에 그들이 그런 공격을 가할 수 있는 조건을 그녀 자신이 이미 구비하고 있었다는 사실을 뒤늦게 알게 된 데 있었다. 아무것도 모르고 있던 그녀는 그야말로 하늘이 무너지는 것 같았다. 아이들 사이에 떠돌다가 자신의 귀에까지 전해져온 소문의 정체는, 그녀가 교수에 임용될 때 학교 재단에 거액의 돈을 제공했다는 너무나 진부하고 역겨운 이야기였다. 처음 그 소문을 접했을 땐 어이가 없었다. 그러나 채 오 분도 되지 않아 고학력 아귀들의 소굴에서 자신이 너무도 쉽게 한 자리를 승낙 받았다는 강렬한 의문에 사로잡혔다. 다해씨는 즉시 귀가했다. 외투도 벗지 않고 응접실을 왔다갔다했다. 남편이 오기를 초조하게 기다렸다. 그 사람이 나타나자 구두도 벗기 전에 바른대로 말하라고 추궁했다. 어떻게 그 말만으로 다해씨의 질문을 알아들었는지 남편의 얼굴이 돌처럼 굳어졌다. 그것으로 끝이었다. 극한의 모멸과 고통 속에서 안간힘으로 버티며 이끌어온 그녀의 인생이 똥통에 처박히고 말았다. 다해씨는 절망하여 부들부들 떨었다. 가슴이 맷돌에 갈리는 것처럼 분해되었다. 다리의 힘이 풀려 주저앉았다. 그녀는 아이처럼 울기 시작했다. 당황하여 달래려 하는 남편을 향해 분노를 폭발시켰다. "얘기해봐! 어떻게 된 거야? 무슨 짓을 한 거야?" 다해씨는 착한 영수씨의 고백을 통해서, 브로커를 중간에 두고 재단 사람들과 접촉한 시아버지가 깊이 관여하고 모든 것을 주도했다는 사실을 알게 되었다. 다해씨는 극도로 좌절했다. 그러나 완전히 좌절하지는 않았다. 그 강인한 사람은 다시 길을 떠날 준비를 했다. 두번째 학기가 끝나고 새해가 되어 신학기 강의를 준비하고 있던 그녀는 다음날 아침 바로 학교로 가서 총장에게 사직서를 제출했으며, 인부들을 불러 연구실의 모든 물건을 정리한 뒤 창고에 갖다놓게 했다. 며칠 뒤에는 공포에 질려서 어쩔 줄을 모르고 있는 남편을 제쳐놓고 시아버지를 만났으며, 그가 잘 알고 있는 바로 그 이유로 사직서를 냈다는 사실을 알리고 자신의 힘으로 당당하게 다시 교수가 되겠으니 이해해달라고 양해를 구했다. 하지만 그녀는 이해받지 못했다. 영수씨와는 또다른 이유에서 무척이나 다해씨를 좋아하여 친구들에게 자랑하기 바빴던 시아버지는 그녀의 처신을 이해할 수 없었고 이해하려는 의지도 전혀 없었다. 며칠을 두고 계속하여 다해씨가 자신의 내면을 자세히 설명하고 이해를 구했지만 영수씨와는 다른 이유에서 그녀를 며느리로서 예뻐했던 시아버지는 그녀의 학자적 자존과 인격적 자존이라는 것 자체를 이해하지 못했다. 표절과 표절에 준하는 모호한 짜깁기와 변형이 난무하는 대한민국 학계와, 박사학위라는 것이 학문적 가치가 아니라 취업을 위한 자격증으로 혹은 정치적 과시용으로 쓰이고 있는 대한민국 현실을 생각할 때, 시아버지의 완고한 무지는 이 나라 현실의 충실한 반영이었다. 마지막으로 함께한 시아버지와 영수씨와 다해씨의 만남은 흥분한 영수씨가 자기 아내인 다해씨를 두둔하는 실수를 저지름으로써 그러지 않아도 그쯤에서 끝장에 이르렀을 사태의 진전을 급전직하로 끝내버렸다. 무대는 이렇게 막을 내렸다. 먼저 지난 세월의 설움이 북받쳐올라 자신도 모르게 다해씨가 언성을 높였다. 그러자 화가 난 시아버지가 찻잔을 집어 방바닥에 내던졌다. 그러자 순간적으로 이성을 잃은 영수 아저씨가 아버지의 그런 행동은 잘못이라고 고함을 질렀다. 그러자 시아버지가 얼굴이 시뻘겋게 되어 즉시 아들의 따귀를 후려쳤다. 몇 초간의 정적이 있었다. 그것은 시아버지의 재등장을 위한 휴지였다. 무대에 오른 시아버지는 애초에 께름칙한 게 있었다고 다해씨에게 악담을 퍼붓기 시작했다. 2세의 생산을 미루는 것을 눈감아줘가면서까지 뒷바라지를 해줬으면 아무리 자신의 자존심을 지키는 것이 중요하다고 해도 그렇게 배은망덕하게 행동해서는 안 된다고 퍼부었다. 시아버지는 다시는 보고 싶지 않다고 선언하고 무대를 떠났다. 자신의 뜻과 맞지 않으면 언제든 선을 긋고 돌아서거나 물러서는 삶을 살아온 다해씨는 이때 난생처음으로 타인인 남편 영수 아저씨에게 끝까지 자신의 편이 되어주기를 절실히 기대했다. 그러나 그는 그 상황을 돌파하지 못했다. 그는 아버지의 뜻에 따라 이혼을 선택하는 쪽으로 자신을 굽혔다. 내가 마지막으로 만난 사람은 다해씨가 서울로 와서 석사과정을 밟으며 아르바이트를 하다가 만난 동갑내기 여자였다. 작은 인쇄소에서 경리 일을 하던 그녀는 지금은 서울의 소박한 동네에서 조그만 카페를 하고 있었다. 인쇄소 시절 이후에도 이따금 만나곤 했다는 그녀는 다해씨가 집을 나온 직후부터 두 주일쯤 함께 있었으며, 바로 그때 그녀의 사연을 모두 듣게 되었다면서, 무척 힘들게, 손님이 없는 깔끔한 카페에서 꽤 많은 술을 마셔가며 천천히, 마치 고령의 노파가 청춘 시절에 부당하게 깨진 가슴 쓰라린 사랑을 회상하듯이 그 얘기를 내게 들려주었다. 다해씨의 이혼이 그녀를 무척이나 울적하게 만들었나보다고 생각한 나는 그녀가 그 얘기를 나에게 풀어놓음으로써 그 회색 고통으로부터 조금이나마 벗어날 수 있기를 바랐는데, 다해씨와의 마지막날에 대한 이야기를 듣고서야 그녀가 왜 그처럼 과음까지 해가며 힘들게 말을 이어갔는지 알 수 있었다. 카페 주인과 달리 낮에도 자지 않고 외출을 하거나 우두커니 앉아서 시간을 보내던 다해씨는 오후 늦게 그녀가 카페로 출근할 때 함께 따라나섰고 새벽에 함께 집으로 돌아오곤 했다고 한다. 그런데 그날은 집에 남겠다면서 카페 주인에게 몇시쯤 들어올 계획이냐고 물었으며, 나중에 혹시라도 어떤 소설가가 찾아오거든 자신의 얘기를 들려주라는 알 수 없는 소리를 했다고 한다. "그런데 정말 이렇게 나타나셨네요." 그녀는 쓸쓸하게 미소지으며 이렇게 말하고는 길게 한숨을 쉬었다. "하루 종일 몹시 싸늘하고 우중충했어요." 그래서 봄날이 어서 찾아오기를 간절히 소망하게 만든 그런 날이었는데, 지친 몸으로 심야에 돌아와보니 경악스러운 광경이 그 사람을 기다리고 있었다. 그 모습은 평생 머리에서 지워지지 않을 것이며 그런 그림을 자기 머리에 심어놓고 떠난 그년은 지옥에 가 있을 거라고 카페 주인은 말했다. 다해씨는 카페 주인이 허리 통증을 완화하려고 가끔 매달리는, 침실 문기둥 상단에 설치해놓은 철봉에 닭벼슬 빛깔의 싸구려 노끈을 여러 가닥 꼬아서 만든 밧줄로 목을 매 늘어져 있었다. 나는 카페 주인에게 눈물을 보이지 않기 위하여 화장실로 달아났으며, 진정한 학자의 자질을 가지고 있는 다해씨 같은 사람은 삶의 천박과 비열에 절망하여 자살하지만, 학문적 진실에는 도무지 관심이 없는 가짜 학자들은 오래오래 살아남아 천재들과 젊은 재능들을 도살하는 데 최선을 다한다고 생각하며 오줌을 갈겼다. 내 머리에 찬바람이 몰아쳤다. 나는 눈물을 흘렸고 조금 뒤엔 웃었다. 인생은 희극이면서 비극이라는 이 진부한 표현이 너무도 절실하여 한편으로는 울고 한편으로는 웃으면서 오줌을 갈겼다. 경찰이 신분을 조회한 결과 다해씨는 아직도 영수 아저씨와 혼인 상태였다. 영수 아저씨와 카페 주인 두 사람만이 입회한 가운데 화장을 했다. "유골은 영수 아저씨가 가져갔어요." 그는 그것을 어떻게 했을까. 영수 아저씨는 이혼의 대가로 부모에게 대항해가면서 다해씨에게 떼주려고 마음먹었던 상당한 재산을 굳이 정리할 필요가 없게 되었다. "나한테 얼마간 주려고 했지만 거절했어요." 카페 주인이 피곤한 음성으로 말했다. 아픈 상처를 다시 들춰낸 데 대하여 한없이 미안해하면서 나는 그 여인과 한참 동안 잔을 주고받았다. "모든 술자리의 끝은 작별입니다." 일어서면서 나는 말했다. "모든 만남의 끝도 작별이지요." 카페 주인이 말했다. "그러고 보니 모든 게 작별이네요." 문을 반쯤 열고 내가 말했다. "시작이 곧 작별이지요." 그녀가 말했다. 달리는 택시 밖으로 강물처럼 밤거리가 흐르고 있었다. 나는 창문을 열고 바깥을 향해 짖었다. "멍멍!" 심야였다. 봄날이었다. 그런 것들 외에는 아무것도 특별한 게 없었다. 나는 누군가에게 쫓겨 도망을 치려 하지만 발이 잘 떨어지지 않는 악몽 속에서처럼 정체를 알 수 없는 짐승의 내부 같은 어두운 뒷골목을 유령처럼 걸어갔다. 멀리 카페 개들의 노란 불빛이 보였다. 개들의 문틈으로 바흐의 첼로 선율이 샘물처럼 스며나오고 있었다. 그것으로 내 몸에 붙은 잡음들을 씻어냈다. 아픈 어깨로 문을 밀쳤고, 나 자신은 사람인가 개인가 생각하며 안으로 들어갔다. 나는 그리운 다해씨가 오래전에 죽었다는 사실을 전혀 알지 못하는 우리 개 주인을, 그 석탄 같은 살아 있는 시체를, 오래전에 작별해야 했음에도 불구하고 너무나 오랫동안 붙잡아두고 있는 내 청춘을, 그 있으면서도 없고 없으면서도 있는 존재를 한참이나 내려다보았다. 나는 생각했다. 이것이 마지막일 것이다. 이 작별이 마지막 작별일 것이다. 이 밤의 무대가 영원히 끝일 것이다. 이 극장은 다시는 문을 열지 않을 것이다. 나는 내 살아 있는 시체가 정면으로 보이는 자리에 앉아서 차가운 맥주를 들이켰다. 한 사내를 무대로 올렸다. 다해씨와 달리 참으로 희극적이고도 비극적인 삶을 오래도록 잘 견뎌내고 있는 사람이었다. 다해씨가 스스로 목숨을 끊은 바로 그 나이의 따분하던 어느 날 오후였다. 젊은 박사 시간강사가 강사실 소파에서 잠깐 졸다가 깨어났다. 그는 어리둥절했다. "그레고르 잠자가 된 기분이었어. 카프카의 그 벌레 말이야." 그가 내게 말했다. 그 기분을 알지 못하는 나는 쓸데없이 카프카 어쩌고 그런 헛소리 하지 말고 사실만 얘기하라고 핀잔을 주었다. 젊은 박사의 가슴에 절망감이 가득했다. 반드시 모교의 교수가 되고 말겠다는 자신의 야심이 헛된 망상으로 끝나버릴 것 같았다. 한 시간이 지나자 원하는 바가 있으면 가만히 있을 게 아니라 어떤 식으로건 필요한 행동을 해야 한다는 자각이 불꽃처럼 일어났다. 난 왜 이렇게 바보 같은 거야. 그는 자책했다. 그는 씩씩하게 팔을 흔들면서 학과의 이른바 갑 중의 갑에게로, 평소 무서워하던 그 명망 있는 거구에게로 갔다. "내가 다 지나간 이 옛날이야기를 이제 와서 들려주는 것은 나의 이 고백을 당신 소설에 써먹어도 좋다는 뜻이야." 얘기의 서두를 꺼내고서 한 박자 뒤에야, 이제는 중년이 되어 턱수염을 기르고 있는 그가 내게 말했다. 이 고백자는 그렇게 말하고 나서 다시 장면을 전환시켰다. "그런데 말이야!" 그러고는 갑자기 컥컥 터져나오는 웃음을 자기 혼자 발작적으로 토해내더니, 내가 그의 코를 비틀어 쥐고 흔들고서야 웃음을 그쳤다. "잔뜩 긴장한 채 노크를 하고 들어서니 하필이면 이미 누가 들어와 있는 거야." 또다른 한 사내가 소파에 등을 보이고 앉아 있었다. 그 사람은 젊은 나이에 일찌감치 수도권 모 대학의 전임이 된 학과 선배였다. 후배들이 좌파 난봉꾼이라고 부른 그의 유난히 납작한 뒤통수를 본 예비 턱수염은 소스라치게 놀랐다. 그는 반사적으로 뒷걸음질을 했다. 지금은 황천으로 떠나고 없는 갑 중의 갑께서 그러는 그를 물끄러미 보았다. 그가 손짓을 했다. 구석 자리 보조의자에 앉으라는 뜻이었다. 도망치려던 그는 바지에 똥을 싼 아이처럼 엉거주춤 거기에 앉았다. 좌파 난봉꾼은 누군가 들어왔다는 사실에는 조금도 관심을 보이지 않았다. 갑 중의 갑이 또 한번 손짓을 하자 오만한 난봉꾼이 약하게 헛기침을 했다. 그는 조금의 망설임도 없이 이러쿵저러쿵 늘어놓았다. "네. 다시 말씀드립니다만" 하고 그가 말하기 시작했다. 당당하고 힘차고 거침없는 웅변이었다. 테마가 무엇인지 생각하고 말고 할 필요도 없었다. 그것은 너무나 노골적인, 손발이 오글거리는 충성의 맹세였다. 예비 턱수염은 심장이 벌렁거렸다. 오직 그만이 놀랐다. 황천행이 예약되어 있던 갑 중의 갑은 시큰둥해 보였다. 충성의 맹세가 끝났다. "그래, 자네는 무슨 일로 왔는가?" 속물 은둔 작가를 붙잡고 굳이 할 필요가 없는 고백을 뒤늦게 토하게 될 예비 턱수염은, 거구 갑의 느닷없는 질문에 당황한 나머지 사레가 들렸다. 그는 한참 동안 캑캑 기침을 하고는 얼굴이 벌게져서 죄송하다며 머리를 조아렸다. "그래서 넌 뭐라고 충성을 맹세했나?" 내가 묻자 그가 고개를 저었다. "난 그런 거 안 했어." 그는 근래 들어 모든 문학은 결국 알레고리가 아닌가, 아무리 사실적인 작품이라 해도 결국 알레고리라고 봐야 하는 게 아닌가 하는 생각에 빠져 있다면서 이에 대한 고견과 좋은 논문을 소개 받고 싶어서 왔다고 읊었다. 사레와 기침 때문에 목구멍이 이상해져서 내시 같은 목소리가 흘러나왔다. 갑 중의 갑이 그를 빤히 쳐다보았다. 두 눈에 명백히 냉소가 흐르고 있었다. 그 시선의 창에 찔려 그의 얼굴이 다시 벌겋게 달아오르자 거구는 슬쩍 웃었다. "잘 모르겠는데?" 그가 말했다. 그는 자기 책상

위에 놓인 논문인지 무엇인지 알 수 없는 종이 더미를 뒤적이기 시작했다. 그는 예비 턱수염의 느낌으로는 십 분 이상 그 서류인지 논문인지 알 수 없는 종이 더미를 뒤적이고 있었다. 그의 머리가 카오스 상태로 바뀌어갔다. 이건 꿈일 거야, 아마. 그는 생각했다. 난 아직도 강사실 소파에서 졸고 있는 거야. 그때 누군가가 그의 뒷덜미를 잡고 끌어당겼다. 씩씩한 좌파 난봉꾼이었다. 그에게 뒷덜미를 잡혀 끌려나옴으로써 연옥 같은 그 연구실에서 탈출할 수 있었다. 예비 턱수염은 진땀을 흘렸다. 그는 좀비처럼 선배 뒤를 졸졸 따라갔다. 엘리베이터를 탔다. 로비를 가로질러 건물 밖으로 나섰다. 때마침 불어온 서늘한 바람에 얼굴을 식히며 정신을 차렸다. 선배는 내내 침묵을 지켰다. 나는 이제 끝장이구나. 그는 생각했다. 난봉꾼 선배의 비굴한 무대를 목격하고 말았다. 제거 대상이 되었다. 그는 줄에 묶인 개처럼 선배 뒤를 따라갔다. 난봉꾼은 제국주의 일본의 한 감옥에서 눈을 감은 유명 시인의 시비 앞에서 멈췄다. 시비에 머리통을 박아서 터뜨리려는 것일까. 죽는 날까지 하늘을 우러러 한 점 부끄럼이 없기를. 선배가 갑자기 읊다가 뚝 그쳤다. 히죽 웃었다. 하늘을 향해 얼굴을 쳐들었다. 갑자기 지극히 저속하고 폭력적인 쌍욕을 토해내기 시작했다. 간신처럼 닭살 돋는 아부의 말을 쏟아낸 자기 자신을 위한 보상인가. 그는 방금 충성의 맹세를 바친 그 예비 황천행 교수를 맹렬하게 비난했다. 쌍욕은 한참 동안 이어졌다. 난봉꾼은 다시 하늘을 올려다보고 이어서 그를 보았다. "네 생각도 나와 다르지 않을 거라고 보는데, 음?" 그가 징그럽게 웃었다. 예비 턱수염은 신비로운 마법에 사로잡힌 것처럼 조금도 저항하지 못하고 고개를 끄덕였다. 선배가 그의 눈을 빤히 들여다보았다. 그는 후배의 손을 잡고 한참을 주물럭거리더니 마치 재수없는 어떤 물건을 집어던지듯이 휙 내동댕이치고는 성큼성큼 걸어가버렸다. 예비 턱수염은 걱정이 태산이었다. 불면의 날을 보낼 때가 많았다. 그 비굴한 삶의 현장을 들켰으니 난봉꾼이 그를 몹시 미워할 것이고 아무래도 자신을 교묘한 방식으로 파멸시키려 할 것 같았다. 그는 아무에게도 말하지 않고 홀로 은밀하게 키워왔던, 아직 젊은 나이이지만 그리 오래 끌지 않고 모교의 교수가 될 수도 있으리라는, 자신에게 그만한 자격이 있으니 결정권이 큰 갑들의 환심만 산다면 충분히 승산이 있으리라는 은밀한 속셈을 그만 접기로 하고, 그런 생각을 선배에게 고백하여 항복을 선언하기로 했다. 마침 선배가 그를 찾았다. 그는 바짝 졸아서 선배를 만났다. 술집이었다. 술잔을 주고받았다. "나의 인생철학은 이거야." 선배가 입을 열었고 그는 머리를 조아렸다. "삶은 결코 이론이 아니라는 것! 그러니까 삶과 관련해서는 삶이 이론이 아니라는 것만이 확실한 이론이라고 할 수 있지." 예비 턱수염은 죽은 척하는 곤충처럼 가만히 있었다. 좌파 난봉꾼이 다시 입을 열었다. "삶은 그냥 삶일 뿐이야. 따라서 학자로서 고통받지 않고 즐겁게 사는 유일한 길은 학자 자신의 삶과 학문 작업을 철저히, 마치 외과의사가 메스로 배를 가르듯이 깔끔하게 분리하는 것이지. 삶과 학문, 그 둘을 섞지 말고 철저히 분리하라. 마치 남의 일인 양 학문을 하라!" 예비 턱수염은 항복을 선언하려던 마음을 감추고 간신 좌파 난봉꾼이 무슨 수작을 부리려는 것인지 상황을 주시하기로 전략을 수정했다. 좌파는 자신이 전임이 되려고 여러 대학에 서류를 내던 때를 이야기했다. 한번은 같은 시기에 각각 기독교 교인 증명서를 요구하는 대학에는 기독교 교인 증명서를, 불교 신자 증명서를 요구하는 대학에는 불교 신자 증명서를 제출했다고 고백했다. 그는 이슬람교 신자 증명서를 요구하거나 무당의 추천서를 요구하는 대학이 있었으면 그것도 구해서 제출했을 것이라고 목소리를 높였다. "일반 종합대학에서 그런 것을 요구한다는 것 자체가 한심하기 짝이 없는 변태 도착이지만 그렇다고 그것을 욕하고 말고 할 필요가 없는 것이 그런 것들은 학문과는 아무런 상관이 없기 때문에 메스로 싹 분리해버리고 그냥 그들이 원하는 대로 만들어서 기독교 교인 증명서를 원하면 그것을, 불교 신자 증명서를 원하면 또 그것을, 이슬람교 신자 증명서를 원하면 그것도, 무당 추천서를 원하면 당연히 그것도 제출하면 되는 것이야!" 예비 턱수염은 생각했다. 이 똑똑한 박사 개새끼가 원하는 게 뭘까. 곧 주제가 드러났다. 그 자리는 선배가 그를 위하여 마련한 교육의 현장이었다. 자신을 좋아하든 싫어하든 한배를 탄

인간으로 받아들인다는 뜻이었다. 흥분하여 얼굴이 벌게진 좌파 난봉꾼은 경직된 자세로 진지하게 교육을 받은 예비 턱수염을 위한 다음 단계, 즉 여흥으로 넘어가 도수 높은 폭탄주를 제조하여 자신도 마시고 예비 턱수염에게도 연거푸 강요하더니, 취기가 급상승하자 단란주점으로 가서 미리 대기시켜둔 벗은 여자들의 가랑이에 머리를 처박고 밤새도록 놀았다. 바로 다음 학기에 좌파 난봉꾼이 모교의 전임으로 임용되었으며, 수년 뒤에는 예비 턱수염이 은밀히 꿈꾸어오던 대로 모교의 전임으로 임용될 수 있었다. 이제 '예비'를 떼고 명실상부한 턱수염이 된 그가 나를 보고 싱글싱글 웃었다. 그는 자신이 모교의 교수가 되는 데 큰 힘을 쓴 게 틀림없는 메스학자 좌파 난봉꾼 선배를 근대적 학문을 철저히 악용하는 반인간적 학자의 전형을 보여주는 개쓰레기라고 욕하며 고백을 마무리했다. "개새끼! 멍멍!" 그가 말했다. 절망적이게도 그런 개들은 손에 손을 잡고 다 함께 잘 먹고 잘살지만 다해씨 같은 사람은 고독하게 홀로 세상을 정면으로 바라보다가 스스로 목숨을 끊을 때가 많다. 평안하세요, 다해씨! 평안하세요, 우리 살아 있는 시체들! 나는 일어서서 주방으로 갔으며, 카페 개들에서의 마지막 안주를 만들기 시작했다. 냉장실에는 별것이 없었다. 냉동실도 다를 바 없었다. 비닐로 포장된 알 수 없는 몇 개의 덩어리뿐이었다. 그래도 그 속에서 용케 하나를 찾아낼 수 있었다. 말린 것이 아니라 처음엔 생물이었으나 오랫동안 그곳에 처박혀 있다보니 탈수되어 마치 말린 것처럼 쪼그라든 문어 다리 두 개였다. 나는 음식을 잘 먹을 줄은 알지만 잘 만들 줄은 모르는 사람들이 십중팔구 버리게 될 그 슬픔의 쪼가리를 미지근한 물에 담가서 녹이고 불려 타원형으로 저며냈으며, 살짝 데쳐 찬물에 헹궈서 물기를 빼고는 하나씩 펴서 접시에 가지런히 놓고, 접시의 한편에 그 역시 말라비틀어지고 반 넘게 썩은 통마늘에서 건져낸 몇 쪽의 생마늘을 곁들인 뒤, 마지막으로 우리 개 주인이 언젠가 나에게 자랑한, 검은 빛깔이 도는 상큼하고 달콤한 현미식초로 초고추장을 만드는 것으로 최후의 안주 제조를 끝냈다. 나는 젓가락으로 한 점을 집어 초고추장에 찍었다. 한번 먹어보라고 나의 살아 있는 시체에게 말하고 내 입에 집어넣었다. 이 최초의 안주 한 점은 최후의 안주 한 점이 될 것이다. 나에게 그 안주 만드는 법을 친절하게 가르쳐준 사람과도 이제 작별이다. 따스하던 계절의 어느 날 카페를 찾아온, 이미 붕괴하기 시작했음에도 불구하고 내가 부인하고 있던 개들의 실상을 정시하게 만들어준, 향기라는 이름의 그 사람과도 이제 완전히 작별이다. 아담한 체구의 귀여운 용모에 붙임성이 좋았고 언제나 무릎 바로 위까지 내려오는 똑같은 모양의 검정색 혹은 하얀색 치마를 입었던 그 여자는, 무슨 소재이건 다른 사람들의 대화에 끼어들어 한번 입을 열면 꽤 길게 자기 혼자 떠들어댔지만, 생글생글 웃는 포근한 표정과 듣기 좋은 목소리 때문에 전혀 지루하지 않은 사람이었는데, 오디오를 약하게 틀어놓고 유명한 클래식 곡들의 주요 선율을 허밍으로 꽤 길게 그리고 상당한 수준으로 따라 할 수 있었으며, 무슨 재료이건 손에 잡히면 최소한 먹을 만하다는 칭찬을 들을 정도의 요리도 할 줄 알았다. 이혼녀를 자처했던 삼십대 후반의 활기찬 그 여자가 개들을 찾았을 때 우리 개 주인은 홀로 취해 있었다는데, 생글거리는 얼굴이 자기를 내려다보고 있어서 꿈인가보다고 생각하면서도 누구냐고 물으니 그녀는 이렇게 대꾸했다고 한다. "안녕하세요? 향기라고 해요." 그리고 말을 이었다. 그녀는 오래전에 지방으로 내려가 살았다. 그러나 얼마 전에 서울로 왔다. 옛 생각이 나서 신촌을 찾았다. 그리고 절망했다. 애용하던 가게가 단 한 곳도 남아 있지 않아서였다. 개척자의 마음으로 내려가서 살았으나 결국에는 쫓겨난 지방 도시의 그 파괴적인 변화만큼이나 서울 또한 무서울 정도로 모두 다 사라져버려서 그녀는 견딜 수 없이 허무했다. "갑자기 산소가 확 줄어들고 있는 것 같았어요. 곧 질식해버릴 것 같았죠. 공포의 깊은 연못에 던져진 것 같았어요." 그 여자는 이런 식의 표현도 곧잘 했다. 그것은 지방 도시에서 앓은 적이 있다는 악성 우울증의 신호였다. 그녀는 무작정 싸돌아다니기 시작했다. 집안에 있으면 죽는다고 생각했다. 그런 날들 중 바로 그날, 개 주인이 일찌감치 홀로 취해버린 그 초저녁, 머릿속 어두운 저 밑바닥에서 옛 친구와 두어 번 와본 적이 있는 개들의 간판이 떠올라 정신없이 찾았더니, 그녀의 기대대로 개들은 옛 모습 딱 그대로 남아 있었다. "아!" 그녀는 그 순간의 감탄을 그대로 재연해 개 주인에게 들려주었다. 등을 돌렸던 자신의 청춘과 다시 만나 화해라도 한 듯 황홀하다면서 마치 브리핑을 하듯이 늘어놓던 말을 끝낸 그녀의 까만 두 눈은 그렁그렁한 눈물 때문에 별처럼 아름답게 반짝이고 있었다. "환영합니다. 향기씨!" 개 주인이 이불을 들치고 일어나며 말했다. 지방에 머물고 있던 나에게 특별한 용건 없이 전화를 건 개 주인의 목소리가 너무나 들떠 있어서 나는 병적인 조증 상태인가보다 짐작했으며, 홀로 개들을 지키는 날들이 많아지다보니 조울증이 깊어지고 있구나 하고 안타깝게 생각했다. 그러다 몇 가지 볼일을 앞당겨 해결하고 그의 슬픈 조증을 가라앉혀주려고 서울로 올라와 신촌의 개들을 찾았더니, 개 주인이 그렇게 들떠서 전화를 하게 만든, 내가 상상도 하지 못한 여인이 생글거리며 함께 있었다. 처음 본 그녀는 누구든 첫 순간에 끌릴 만한 외모의 여성이었는데, 처음엔 그저 근래에 나타난 손님인가 하다가 그녀 곁에서 멈출 줄 모르고 빙글거리는 개 주인을 보고서야 나는 그 여자가 바로 그를 조증으로 충만하게 만든 사람이라는 것을 알아차렸다. 어느 날이었다. 한 테이블 앞에 셋이 앉아 있었다. 술은 주로 내가 마셨고 두 사람은 간간이 술을 나누었다. 그들은 개들에 있는 엘피판들 중 어떤 것을 온전히 시디에 담고 어떤 곡들을 선별해서 시디에 담을 것인지 논의하고 있었는데, 나는 개 주인이 개들에 있는 엘피판 총 목록은 물론 각각의 판에 실린 곡명과 오케스트라와 연주자 들이 죄다 적힌 노트를 가지고 있는 것을 보고 경악했으며, 얘기를 해가는 도중에 향기씨가 밤낮으로 애써서 그 노트를 만들었다는 사실을 알고는 더더욱 경악했다. 나는 그 집요함에 놀라 그녀를 다시 보게 되었고 그제야 우리 개 주인의 조증이 진짜로 그녀를 향한 경이와 사랑 때문임을 알아차리게 되었다. 향기씨는 내가 보름쯤 서울에 머물며 볼일을 보는 틈틈이 찾을 때마다 언제나 개들을 지키고 있었으며, 예고 없이 문을 열고 들어설 때 목격한 바로 추정해보건대 하루종일 단둘이 붙어서 환한 얼굴로 재잘거리며 얘기를 나누는 것 같았다. 그녀 때문에 방문자가 늘어났다. 어쩌다 우연히 찾아온 올드팬들이 뜻밖에 만난 밝고 아름다운 그녀 때문에 마치 그 자신이 버려버렸던 청춘을 다시 만난 것처럼 한껏 기분좋게 떠들고는 며칠 뒤에 다른 사람을 데리고 다시 와서 뼈다귀 냄새를 맡은 개처럼 침을 흘리곤 했다. 어떤 때는 몇몇 올드팬들이 순전히 향기씨를 보려고 찾아오기도 했다. 그러면 개 주인과 향기씨가 그들과 한 테이블 앞에 앉아 여유롭게 대화를 이끌었는데, 그런 두 사람은 오래된 고급 살롱을 운영하는 죽이 잘 맞는 부부처럼 보였다. 어느 날은 둘이 곧 결혼하게 되는 게 아닐까 하는 생각이 불현듯 떠올랐다. 영업이 끝난 뒤에도 향기씨가 개 주인과 함께 카페에 남았기 때문에 나는 그들이 최소한 연인의 단계로 들어갔음이 틀림없다고 보았다. 만약 그들이 결혼을 한다면 카페 개들이 새롭게 번창하여, 날마다 시간을 집어삼켜 똥으로 만들고 있는 이 이른바 한강의 기적의 나라 대한민국의 수도 서울의 신촌에서, 세월의 똥에 저항하는 가장 늙은 최후의 청춘이 될 텐데. 하지만 그로부터 단지 사흘로 족했다. 나의 착오와 망상은 먼지로 쌓은 성처럼 붕괴했다. 모처를 방문하고 그대로 지방으로 내려가려다가 향기씨의 생글거리는 미소와 행복해하는 개 주인을 한번 더 보고 싶어 찾았더니 카페 개들의 짧고도 강렬했던 황금기는 이미 끝나 있었다. 너무나 잔인하고 우스꽝스러운 작별이었다. 두 사람이 결혼하게 될지도 모르겠다고 본 것은 홍소를 금할 수 없는 나의 착오였다. 그 사람은 어디 갔느냐는 내 질문에 마치 남의 일을 얘기하듯 들려준 개 주인의 설명에 의하면, 그 아름답고 매력적인 자칭 이혼녀 향기씨는 제법 되는 우리 개 주인의 돈을 몽땅 들고 사라져버렸다. 참으로 맥이 빠지는 진부한 작별이었다. 커피 한 잔을 놓고 카운터 안에 서서 무슨 일인가를 하고 있던 개 주인은 내게 앉으라고 하더니 향기 좋은 커피를 따라주면서 아련한 미소와 더불어, 그 황금빛 사기극이 어떻게 막을 내렸는지, 그 예쁜 여자가 어떤 사연을 늘어놓고 자신의 통장에 있는 돈을 다 긁어 갔는지 얘기해주었다. 내가 어리벙벙해져서 가만히 쳐다보다가 화도 나고 씁쓸하기도 해서 아마 그렇지 않을 수도 있는 게 아닌가, 이른바 피치 못할 사정이 생겨 연락도 못하고 돌아오지도 못하는 처지가 되어 있을 수도 있으니 좀더 기다려보자고 말했지만, 개 주인은 물론 그렇게 말하는 나 자신도 그 말을 전혀 믿지 않았다. 그 여자는 아주 완벽하게, 개들의 그 모든 청춘들처럼 완벽하게 사라져버렸다. 남은 것은 향기씨가 보여준 그 진부한 작별만큼이나 잔인하고 우스꽝스러운, 아니 그보다 더욱 잔인하고 우스꽝스러운 슬픈 폭소, 즉 모든 열광적인 이야기의 꼬리에 반드시 따라붙게 되는, 모든 사물이 그림자처럼 데리고 있을 수밖에 없는 자기 폐기물 혹은 쓰레기로서, 바로 그것이야말로 이 진부한 사기극의 진정한 백미였다. 시간은 쓰레기를 남긴다. 인간은 시간을 사는 존재다. 인간은 매 순간 쓰레기를 남긴다. 폐망한 카페의 주인이라는 운명을 앞두고 있는 개 주인을 보기 위해서라기보다도 분명히 향기로운 그 여인 때문에 다시 개들을 찾았던 소수의 올드팬들은, 여전히 그녀가 있으리라 생각하고 카페를 찾았다가 마치 망치로 뒤통수를 두들겨맞듯이 개 주인 본인으로부터 그 사기극에 대해 듣고는, 몹시 화가 나고 실망해서 실상 자신들이 오래전에 이미 버려버린 자신들의 개 주인을 위로해주기는커녕, 오히려 더이상 바보 멍텅구리처럼 살지 말라고 호통을 쳤으며, 다시는 개들을 찾지 않겠다고 선언하고 매몰차게 등을 돌렸다. 그러나 우리 개 주인은 그저 조금 쓸쓸해 보이기만 했다. 자기 입으로 하지 않아도 될 사기극의 전말을 얘기해주면서 조금도 괴로워하지 않았다. 오히려 바로 그런 것을 기대했다는 듯이, 엄청나게 실망한 올드팬들이 내보이는 반응을, 그들의 분노와 절교 선언을 음미하는 듯했으며, 때로는 향기씨와 한창 잘 지낼 때와 같은 조증의 기운까지 풍기곤 했다. 이미 병들어 버려진 존재로서 그는, 그 짧은 기간 동안 그녀에게서 받은 관심의 대가로 그 돈이 전혀 아깝지 않다고 여기는 것 같았는데, 그러고 보니 그 여자는 우리 개 주인이 그렇게 할 거라는 것까지 간파하고 있었구나 싶었고, 개 주인도 그녀의 접근이, 비록 그 내용에 대해서는 몰랐겠지만, 분명히 어떤 고약한 의도를 숨기고 있다는 것을 처음부터 알아차렸는지도 모른다는 생각마저 들었다. 그렇게 거의 자발적으로 사기를 당함으로써 자신이 죽음의 직전에 이르도록 유지해온 개들의 역사에 스스로 종지부를 찍고, 우리의 청춘이 그랬던 것처럼 삶의 모든 아름다운 풍경들이 사실은 황량한 파멸을 내장하고 있다는 것을 확인하여 마지막으로 우리에게 보여주고 싶었을 것이며, 그리하여 오래전에 수명을 다한 듯이 보였던 카페에서 퍼져 나오는 매혹적인 가짜 향기에 이끌려 자신의 청춘을 만날 수 있으려나 하고 찾아온 올드팬들에게, 당신들의 청춘은 사실 당신들이 오래전에 스스로 외면하고 무시하여 죽은 지 오래라는 사실을 적나라하게 깨닫게 해주고 싶었을 것이다. 과연 그들은 아름답고 매력적인 향기씨에게 넘어간 자기 자신에게 실망하여 자신들의 거울인 개 주인에게 똑바로 살라는 터무니없는 비난을 퍼붓고는 안전하게 마음놓고 등을 돌릴 수 있었으며, 자기 속에 있는 겁 많고 약삭빠른 속물, 청춘 시절처럼은 더이상 그 어떤 누구에게도 그 어떤 무엇에도 그렇게 온몸으로 빠져버리는 일을 다시는 할 수 없게 된, 그러면서도 향기씨를 통해서, 그 사람과 개 주인을 통해서 간접적으로 그런 몽상에 빠졌다가, 사기극이라는 쓴맛 나는 현실에 발등이 찍히자 바보 같았던 자신에게 면죄부를 주기 위하여 독하게 비난하며 떠나가버렸다. 이제 개들 앞에 남은 것은 줄곧 사멸의 급격한 내리막길뿐이었다. 이제 카페 개들은 처음 등장한 그날이 바로 영원한 작별의 날인 하루살이들조차도 더이상 나타나지 않는 절대 고독의 장소가 되었다. 때맞춰서 참으로 뽀얗고 맑은 우리 개 주인의 얼굴에 어른거리던 죽음의 징후가 확연하게 그 정체를 드러내기 시작했다. 그러자 기이하고 흥미로운 일이 벌어졌다고 나는 문어 안주를 씹으며 생각했다. 마치 꺼지기 직전의 촛불처럼, 말하자면 앞당겨 작별 파티라도 해주겠다는 듯이, 그해 가을 진짜 초창기 올드팬들이 연이어 카페 개들에 나타나 진풍경을 연출해댔다. 물론 그들 역시 다른 모든 사람들과 마찬가지로 잘해봤자 고작 극좌와 극우 사이 어딘가에 해당될 사람들로서, 세월이 공짜로 주는 지혜의 덕으로 자기 청춘을 살해한 뒤에 뛰어난 소시민으로 거듭난 온갖 종류의 노회한 킬러들이었다. 이들의 카페 행차는 작지만 알차기로 소문난 어떤 광고회사를 경영하는 한 지적이고 냉소적인 남자가 각종 옛날 사람 찾기 붐에 필을 받아서 기획한 것으로서, 그 정력적인 최초의 발기인은 몇몇 친구의 동의를 얻어 카페 개들을 방문하여 잃어버린 옛 시절과 해후하는 기회를 갖자고 선동했다는데, 한 달간 새벽하늘의 별처럼 사그라져가고 있는 옛 친구들을 카페 개들에서 만나 옛날의 그때처럼 신나게 떠들어보자는 이 프로젝트에 자학적이고 희극적인 그래서 소박과 겸손이라는 포장지를 좋아하는 선량한 소시민들이 명백히 거부감을 갖게 될 타이틀을 붙였다. 짖어라 개들아! 이 소식을 개 주인이 전해주었을 때 나는 강 언덕에서 책을 읽고 있었다. 나는 허파가 아프도록 웃었으며 바로 그날 오후 기차에 몸을 실었다. 그리고 밤 아홉시에 카페에 도착하여 오랫동안 먼지를 덮어쓰고 있던 내 무대의 막도 올렸다. 나는 밤마다 카페를 찾아 올드 개들이 짖어대는 무대를 기웃거렸고 몇 차례 통속 동화작가와 공무원 전위시인을 호출하여 우리의 무대를 재건하기도 했다. 적막하게 허물어져가던 신촌의 개들은 느닷없이 화려하게 부활했다. 짖어라 개들아의 정력적인 발기인인 광고회사 사장은 온갖 수단을 동원하여 옛 개들을 끌어모았다. 그 덕분에 한 달간 매일 최소한 두세 명이라도 열정의 무대를 세우는 날들이 이어졌으며, 때로는 홀로 혹은 서로 잘 모르는 두세 명이 따로따로 왔다가 일고여덟 명의 무리로 발전하여 한바탕 시끌벅적한 대난장판이 되기도 했다. 그들은 정신없이 수다를 떨었다. 입을 닫고 침묵 속에 몇 초가 흐르면 그 즉시 처형당하는 형벌을 선고 받은 수인들 같았다. 그들은 쉬지 않고 떠들어댔다. 그들은 자기 청춘의 킬러로서 그들 자신이 킬러라는 그 사실을 감추기 위하여 오직 자신들이 킬러라는 그 사실만을 빼고 온갖 것들에 대해서 떠들어댔다. 그들은 참으로 발작적이었다. 아랫입술과 윗입술들이 미친 캐스터네츠처럼 서로를 때려댔다. 그들은 청춘 시절의 일상적인 무대장치에 대해서, 즉 수천 년 동안 보잘것없는 종족으로 살아온 우리 민족을 이 이른바 한강의 기적에 이르게 한 독재적 근대화를 위하여 우리 모두가 동참했던 저 비굴한 자발적 부동자세에 대하여 화기애애하게 회상했는데, 자기도취로 가득찬 그 얘기를 듣고 있으면 마치 그 탄압의 시절이 그들 인생의 황금기였던가 생각될 정도였으며, 그 변태적인 회상은 급기야 착한 독재라는 도착적인 개념을 창조하기에 이르렀다. "독재라고 다 나쁜 게 아니야! 좋은 독재도 있어!" 몇몇 사람이 선언했다. 한때 전투적인 설치미술가였던 통속 동화작가가 분노했다. "말도 안 돼! 독재는 어떤 경우에도 나쁜 거야!" 결과적인 성과가 있다고 해서 독재가 정당화될 수는 없다고 통속 동화작가는 오래전에 벗어던진 싸움닭 설치미술가로 돌아가 역겨워하며 분노를 토해냈다. "그것은 착한 강간이 있을 수 없는 것과 같아!" 베스트셀러 통속 동화작가는 평소 자신의 접근을 거부하던, 마을의 못사는 집 처자를 납치하고 강간하여 임신을 시킨 후 강제로 연을 맺고 줄줄이 아이를 낳게 한 부잣집 강도 아들을 상상해보라고 절규하더니, 한 여인의 피눈물 나는 불행에 기초를 둔 그 가정이

설령 훌륭하게 성장한다고 하더라도 애초의 그 강간은 절대로 정당화될 수 없다고, 진짜로 패주고 싶은 그 도착적인 독재 찬양자들은 건드리지 못하고 대신, 공무원으로서의 중립 의무 때문에 얼굴이 벌게진 채 입을 꾹 다물고 있는 전위시인의 머리통을 양손으로 쥐고는 마구 흔들어댔다. "개 같은 것들!" 통속 동화작가는 공무원 전위시인의 얼굴에 침을 튀겼다. "미안!" 그가 시인의 귀에 대고 말했다. "괜찮아!" 공무원 전위시인은 싱긋 웃었다. 시인은 우리끼리만 있게 되자 통속 동화작가의 머리통을 쥐고 마구 흔들면서 나를 보고 하하하 웃었다. 밤의 무대에 참여한 올드팬들은 모두 남자들이었다. 그들은 분란과 분쟁의 기미가 보이면 누가 먼저랄 것도 없이 당시 한 미모 했던 여자들에 대해 회상하는 것으로 그 위기를 돌파해갔다. 때때로 지금까지도 그 정체를 알지 못하지만 독특한 외모와 차림새 때문에 그 이미지만은 또렷이 기억하고 있는 사람들에 대한 회상이 한줌의 지푸라기를 태운 것처럼 확 타올랐다가 더 짙은 어둠을 남기며 사라지기도 했다. 그러다가 동시다발적으로 폭발했다. 그들은 갑자기 화가 나서 이 이른바 압축적 근대화의 귀신 국가인 대한민국에 뿌리내린 이류 자본주의를 찬양하기 시작하여, 자신들이 이룩한 그 성과와 거룩한 희생에 경의를 표하기는커녕 조금도 몰라보는 무례한 청년들을 비난하고 성토한 뒤에, 배고픈 것을 모르고 자란 자식 세대들의 그 배은망덕함을, 자기 권리 찾기에 맛을 들인 절구통 아내들의 반항과 비벼서 마구 씹었으며, 마침내는 굴욕적인 밥벌이로서의 직업과 인생 그 자체의 부질없음에 대한 푸념으로 넘어가서 세월을 한탄하고 세상을 욕하는 것으로 마무리지음으로써, 이 변태 도착적인 수다가 자신들이 죽여놓고 죽은 줄도 모르는 청춘의 죽음과, 노쇠를 향하여 특급열차처럼 달리고 있는 늙어가는 육체에 대한 두려움의 표현 이외에 아무것도 아님을 웅변했다. 나는 맥주를 마시고 문어 안주를 먹고 담배를 피우면서, 그 슬프고 외로운 개들의 즐거운 행렬을 기획하고 추진한 정력적인 발기인이 무대의 중앙에 섰던 그날을 생각했다. 그날따라 꽤 많이 모인 사람들의 중심에 마치 대형 퍼포먼스의 리더 배우처럼 자리잡은 그 사내는, 처음엔 종잡을 수 없었으나 시간이 지나면서 너무나 노골적으로 주제가 드러나는 무대를 연출했는데, 때로 웃기고 때로 욕을 하고 때로 회한에 젖고 때로 분노하면서 과거와 현재 그리고 미래까지 뒤섞으며 어린아이와 대학생과 중년이 한 몸속에 들어간 듯 풀어간 서막을 듣고 보니 그것은 군대 이야기였다. 일부 관객이 낌새를 알아차리고 실망을 표했다. 뒤이어 야유가 흘러나왔다. 그러나 그는 굴하지 않았다. 오히려 군대 이야기라면 다 안다는 듯이 굴지만 실제로는 무지 그 자체인 그들에게 노골적인 경멸을 표했다. 나는 자기들 얘기에 빠져 있는 통속 동화작가와 공무원 전위시인에게 주의를 주었다. 발기인이 엄숙하게 고백하기 시작했다. 우리 정력적인 발기인은 한때 일부 사병들에게 절대적인 권력을 휘두른 장교의 이력이 있었다. "나는 악명 높은 선착순 귀신이었지!" 악명의 핵심은 무슨 일에서든 언제나 먼저 도착하는 세 명만을 인정했다는 것과 단 하루도 선착순을 명령하지 않은 날이 없었다는 것이다. 엄청난 분노와 더불어 엄청난 공포에 전 병사들은 그가 명령을 내리면 세번째 안으로 도착하기 위하여 짐승들처럼 서로 싸웠다. 그 비굴하고 비참한 광경이 우리의 발기인을 더더욱 화나고 기쁘게 했다. "노예의식으로 가득찬 것들!" 그는 명령을 내리는 자신이 역겨웠을 뿐만 아니라 자기 자신의 승리 외에는 아무에게도 관심을 두지 않은 병사들의 몰락에 변태적인 희열을 느꼈다. 먼 거리를 오가는 반복적인 선착순은 병사들의 심장과 허파와 창자에 충격을 가했다. 누군가는 반드시 쓰러졌다. 그것은 누군가가 반드시 일등을 하는 것과 꼭 같은 것이었다. 먼저 도착하는 세 사람 안에 들라는 명령을 받은 그들은 누구도 쓰러진 자를 돌봐주지 않았다. 그는 그들에게서 인간성을 박탈했던 자신을 개새끼라고 욕했다. 발기인은 군복을 벗은 뒤에도 자신이 계속하여 위장 혹은 변종 바이러스 같은 선착순 귀신으로 살아왔다고 고백했다. 그는 고등학교에서 선생 노릇을 하던 시절에도, 대입 준비 학원에서 아이들을 가르치던 시절에도 언제나 그 반인간적인 선착순 기법으로 아이들을 휘어잡았다. 그가 크게 재미를 본 광고들도 알고 보면 군대에서 연마한 선착순 기법을 활용한 순위 매기기로 소비자들의 허영심을 채워준 고등 사기술들이었다. "아아아아아!" 그는 돌연 포효하더니 대학으로 화살을 돌렸다. 대학도 선착순 공화국이었다. 그의 대학생 딸은 모든 강의의 수강 신청 때마다 선착순 훈련을 받고 있었다. 그가 아무리 비싼 등록금을 제공해봤자, 그의 딸은 자기가 듣고 싶은 강의를 전혀 자기 마음대로 들을 수 없었다. 그의 딸은 대학 당국이 만들어놓은 선착순 경쟁을 통과해야 했다. 발기인은 자기 딸이 수강 신청 선착순의 단골 낙오자라며 킬킬댔다. "개새끼들!" 이 욕은 대학교수들, 특히 문학과 철학과 역사를 가르치는 인문학자들을 향한 것이었다. 그들은 그 황당무계한 반지성적 선착순의 철저한 방관자들이었다. 문학과 철학과 역사가 엄청나게 중요한 것이라고 사기를 치면서 밥을 먹고 사는 그들은 인문학이 죽었다고 날마다 한탄하면서 날마다 앞장서서 인문학 죽이기를 실천하고 있었다. 그들은 밤을 지새우는 선착순 경쟁에서 살아남아 자신의 강의를 듣는 학생들을 자기 마음대로 평가하지도 못했다. 모든 수강생에게 A 학점을 줄 수 없을 뿐 아니라 어떤 수강생에게도 A 학점을 주지 않을 수도 없었다. 그들은 정해진 퍼센티지의 틀에 수강생들을 기계적으로 끼워넣었다. 그들은 주관적 가치의 계량화에 철저히 굴복하고 있었다. 그들은 인문학이 주관성의 학문임을 스스로 부인하고 있었다. 바로 그들이 날마다 인문학을 죽이고 있었다. 그러면서 날마다 인문학이 죽고 있다고 한탄했다. "불쌍한 개새끼들!" 자칭 개새끼가 부르짖었다. 개 주인이 홍에 겨워 무료로 제공한 훈제연어를 맛있게 씹어 삼킨 선착순 귀신 발기인은 자기 앞에 놓인 맥주잔을 들더니 건배를 기다리는 사람들을 경멸한다는 듯 무시하고는 자기 홀로 쭉 들이켰다. "알고 보니 내가 바로 개였어! 으흐흐흐." 자칭 개는 오줌을 누러 화장실로 갔다. 나는 그를 뒤따라갔다. 화장실은 좁았다. 나는 손을 씻는 척하면서 기다렸다. 지퍼를 올리던 그가 나와 눈이 마주쳤다. 그는 경계심으로 얼어붙으며 내 손을 보았다. 자신의 배를 쑤실 칼이나 머리통을 갈길 망치를 상상하는 게 분명했다. 내가 재킷 안주머니로 손을 넣자 그의 얼굴이 창백해졌다. 그는 내 손에 권총 대신 수첩과 펜이 들려 있는 걸 보고서야 크하하하 웃었다. "사인 좀 부탁드립니다." 내가 말했다. "당신이 나를 조롱하는 게 분명한데 왜 당신 부탁을 들어주지 않겠소? 이리 주시오!" 그는 내 수첩을 낚아채듯 가져가더니 지렁이가 기어가는 듯 휘어진 작대기 몇 개를 그려주었다. "감사합니다!" 나는 진심으로 말했다. 일시적으로 부활한 카페 개들은, 이 이른바 초고속 근대화의 성공 국가인 대한민국의 가련한 일등주의와 그 영광된 깃발에 코가 꿴 노예들을 조롱한 선착순 귀신의 그날 밤 무대로 정점을 찍었다. 그 무대 이후 급격히 파장으로 흘러갔다. 이제 사람들은 다소 억지로 화기애애한 척 노력하면서 실로 오랜만에 만났거나 최근 오랜만에 만나서 재차 삼차 만나게 되었거나 혹은 생전 처음 만난 서로를 우울하게 만들지 않으려고 노심초사했다. 그러다가 도대체 어디서 나타난 것인지 알 수 없는 어둠과 침묵이 그들 사이에 내려앉는 것을 매우 자주 감지했으며, 그로부터 얼마 지나지 않아 재차 삼차 만난 사람이건 수십 년 만에 만난 사람이건 생전 처음 만난 사람이건 그런 것과는 전혀 무관하게 서로가 서로를 불편해하기 시작했다. 이어서 무슨 이유에서인지 한 무대에 올랐던 서로를 혐오스러워하더니 급기야는 상대편은 물론 자기 자신에게도 최고의 경멸을 퍼부으며 떠나가기 시작했다. "개 같은!" 말할 필요도 없이 그들은, 짖어라 개들아 프로젝트에 촉발되어 갑자기 분출한 얼어붙은 땅속의 나무뿌리 같은 추억과 기억에 젖어 자기 좌표를 잊고 혼란에 빠져 있다가 뒤늦게 자기들 개 주인의 얼굴에 어려 있는 파멸의 신호를 발견하고는 서둘러 도망을 쳤던 것이다. 그렇게 도망치면 자신들에게도 다가오고 있는, 그와 꼭 같은 어둠과 질병과 상실과 파멸을 회피할 수 있다는 듯이! 아니, 결코 회피할 수는 없지만 마치 얼어붙은 겨울 땅 속의 나무뿌리처럼 그 어두운 망각 속에서 일시적으로나마 차라리 행복하게 지낼 수 있다는 것을, 세월이 공짜로 선사하는 지혜로 이미 터득하고 있었기에! 밤이 가고 날이 갔다. 화장실 거울에 비친 취한 내 얼굴이 크하하하 웃던 선착순 귀신처럼 보였다. 지금 나를 보게 된다면 그가 이렇게 말할 것 같았다. "안녕하시오? 만사 부질없소. 크하하하." 나는 오줌을 누고 손을 씻고 다시 나의 시체와 마주하고 앉으며, 일시적으로 부활한 개들이 다시 적막한 죽음을 향하여 좌초된 유람선처럼 급격히 기울어져갔다고 생각했다. 봄인가 착각하여 일어나 기지개를 켰다가 얼음장 같은 한겨울임을 알아차리고 급히 몸을 움츠리고 땅속으로 기어들어갔다고 생각했다. 그런 와중에도 연달아 사흘을 찾아와서 관심을 갖지 않으려야 않을 수가 없어서 관심을 갖게 된 사람이 있었다. 소설도 별로 쓰지 않고 논문도 별로 쓰지 않는 소설가 겸 학자인 이 사람에 대해서, 한때 무직 전업 전위시인이었다가 말단 공무원 전위시인으로 변신한 우리의 시인은 이렇게 일갈했다. "전국의 대학교에서 저런 사람들을 한자리에 모시려면 여러 대의 덤프트럭이 필요할 거야, 아마!" 그들은 학자도 아니고 예술가도 아닌 대단히 창의적인 돌연변이로서, 민주주의와 경제를 동시에 그리고 단기간에 선진국 턱밑까지 끌어올렸다는 이 이른바 압축적 근대화의 귀신 국가라고 할 수 있는 대한민국이 탄생시킨 신인류 중에서 세계 어느 나라에 내놓아도 그 진기함에 있어 손색이 없는 존재들이다. 이들은 전국의 여러 대학 여기저기에서 이른바 창작을 하겠다는 학생들에게 시와 소설과 희곡 등을 가르치면서, 아직 변변한 작품도 생산하지 못하고 있는 그들을 대학원에 진학하라고 유혹하여, 어떤 신랄한 미국 학자를 인용하자면 대학 도서관의 부족한 공간만 더 부족하게 잠식할 뿐인 석사논문과 박사논문을 쓰게 함으로써 자기들의 2세를 생산하고 있는데, 이 번식 행위가 자신들이 돌연변이임을 가리기 위한 창의적인 고등 술책임은 두 말할 필요도 없을 것이다. 창작은 거의 하지 않고 논문도 거의 쓰지 않는 이 박사 시인과 박사 소설가 혹은 시인 박사와 소설가 박사 들은, 인간은 살아가면 살아갈수록 점점 더 변태가 될 수밖에 없다는 내 이론의 아주 좋은 사례가 아닐 수 없다. 불행하게도 그가 우리 자리에 합석했다. 그는 공무원 전위시인과 통속 동화작가와 속물 은둔 작가를 향해 환한 미소를 던졌다. 그 미소는 안정적으로 공급되는 월급의 결과였으리라. 그는 당당하게 자신을 소개하더니, 요즘의 이른바 젊은것들이 문학을 너무나 멀리하고 있어서 참으로 안타깝다는 선생다운 얘기를 왁자지껄하게 늘어놓았다. "지금은 직접적이고 즉발적인 실용주의의 전성시대입니다." 그는 제대로 진단했다. "바로 그 때문에 은유와 알레고리와 상징으로 가득찬 문학이라는 아름다운 우회의 심오한 방식이 삶의 현장에서 쫓겨나고 있는 거지요." 옳은 소리였다. 우리는 박수를 쳐주었다. 그런 다음 장면전환이 있었다. 우리는 근래 일 년 동안 읽은, 은유와 알레고리와 상징으로 가득찬 시와 소설과 희곡에 대해 주고받기 시작했다. 우리 배우의 목소리가 슬슬 작아지기 시작했다. 대사도 현저히 줄어들었다. 급기야 지나가는 사람1 수준으로 축소되어버렸다. 그러나 마냥 그러고 있지 않았다. 창문을 깨고 난입한 강도처럼 무대를 뒤흔들었다. 이 강도는 먼저 우리들의 나이를 알고 싶어했다. 이어서 등단이라는 케케묵은 단어를 들먹였다. 관료사회의 말단에 붙어서 월급을 뜯어먹고 있는 전위시인은 배꼽을 잡고 웃었다. 박사 소설가 혹은 소설가 박사가 화를 냈다. 그는 누가 선배냐고 선언적으로 물었다. 나는 웃음을 참으며, 쓰레기통을 뒤지는 노숙자 햄릿을 상상했다. 잘 참고 있던 공무원 시인이 폭발했다. "언젠가 당신에게 시집을 보낸 적이 있죠." 그가 살금살금 말했다. "그때 당신은 잘 받았다는 엽서 한 장 보내지 않았어요. 이렇게 당신 앞에 앉아 있는데도 당신은 내가 누구인지 알지도 못하는군요. 괜찮습니다. 비난하려는 게 아니에요. 나도 전혀 다르지 않으니까요. 누가 책을 보내주면 응원의 몇 자를 적어 엽서를 보내던 시절이 있긴 했지요. 하지만 이젠 아니랍니다. 고마움의 엽서를 보낸 뒤 우연히 마주친 한 여성 작가가 나를 파렴치범 보듯 하여 충격을 받았거든요. 아, 책을 받고 응원의 엽서를 보내면 안 되는 것이었구나! 그때 깨달았지요. 잘못하면 개수작을 부리는 똥개 취급을 받을 수도 있겠구나! 난 이제 한 걸음 더 나아갔습니다. 책을 보내주셔서 대단히 감사하다는 엽서를 안 보내는 정도가 아닙니다. 누가 책을 보내면 그 책을 반송시켜버립니다. 응원의 엽서를 보내는 죄를 범하지 않으려면 그 방법밖에 없으니까요." 시인이 잔을 들었다. "자, 그러니 선배! 좆 까는 소리 집어치우고 술이나 처드셈!" 통속 동화작가의 입에서 웃음이 터져나왔다. 일 초의 간격을 두고 내 입에서도 웃음이 터져나왔다. "개 같은!" 소설가 박사 혹은 박사 소설가가 이를 갈면서 퇴장했다. 우리는 그런 식의 작별에 익숙했다. 우리는 아무런 이의가 없었다. 또 하루의 밤이 그렇게 지나가고 있다는 사실을 잘 확인할 수 있었다. 고대에도 그랬듯이 또 낮이 지나갔고 밤이 지나갔다. 하루하루가 참으로 비현실적인 날들이었다. 낮의 시간은 물론 밤의 시간도 낮술을 마시고 잠이 든 몽롱한 봄날 오후의 꿈속 같았다. 짖어라 개들아가 대단원의 막을 내리기 직전이었다. 그 우스꽝스럽고 슬픈 행렬의 꼬리를 물고 영락없는 파리 신사 하나가 나타났다. 나는 눈이 휘둥그레져서 바라보았다. 그는 중절모를 쓰고 롱코트를 입고 있었다. 그는 수염을 멋지게 길렀고, 두툼한 붉은 입술에 불붙이지 않은 시가를 물고 있었다. 그는 아름다운 젊은 여자를 비서처럼 대동하고 있었다. 얼굴 가득 환하고 기분좋은 중년의 미소로 채워진 그 남자가 원하는 대로 포옹을 하고 허허허 웃는 따위의 요란한 재회 행사를 한 뒤에 개 주인이 나를 소개하며 가르쳐준 바에 따르면, 그 멋진 풍모의 파리 신사는 대학 시절 마당극에 심취한 청년이었으나 졸업과 더불어 프랑스로 유학을 떠나 연극을 공부하다가 전환하여, 개 주인의 소개에 이어서 그가 추가로 나에게 자신을 소개할 때 사용한 표현을 그대로 옮기자면, 프리드리히 헤겔의 역사철학을 자크 라캉식 정신분석학 방법으로 해체하고 다시 구축한 퓨전 역사철학 논문으로 철학박사가 되었다고 한다. 그 퓨전박사는 학위를 받은 다음 전 세계를 떠돌아다녔다. 그러면서 이론과 현실에 대해 깊이 천착했다. 그런 한편 삶의 현장을 집요하게 관찰했다. 그

결과 그는 아주 중요한 사실을 알아차렸다. 세계 어느 곳에서든 어떤 공적 사적 조건에 있건 간에 인간들은 무슨 이유에서인지 끝없이 성교를 하려고 하는 미스터리한 동물이라는 것이었다. 그렇게 긴 여행을 마친 그는 마침내 겉보기에는 더이상 독재국가가 아니지만 독재적 근대화의 유령들이 곳곳에 어슬렁거리며 살고 있는 고국으로 돌아와 한 병에 수백 혹은 수천만원 하는 와인을 수입 판매하는 고학력 상인이 되었다. 그는 징그럽게 한쪽 눈을 찡긋했고, 대동하고 온 여자와 힐끗 눈을 맞추며 환하게 웃었다. "이 친구는 소설가야." 개 주인이 소개하자 파리 신사가 눈을 동그랗게 떴다. "오!" 그는 뜬금없이 프랑스의 보르도에서 전형적인 프랑스 시골 처자와 눈이 맞아 갓 수확한 포도가 한가득인 창고에서 성관계를 했던 일화를 소개했다. "엄청나게 흥미로웠지만 엄청나게 쓰라렸지요. 하하하." 그는 마당극에 미쳐서 일 년 내내 땀에 젖어 지냈던 이십대 초반을 회상하며 공허한 웃음을 웃었다. "요즘 누가 소설을 읽기는 하나요? 온갖 이야기들이 넘쳐나는데." 그가 파리 신사 풍모에 어울리는 단도직입적인 방식으로 나를 도발했다. 눈은 계속 웃고 있었다. "소설은 단순히 이야기가 아닙니다." 내가 말했다. 그러나 나는 이미, 너무나도 인상이 좋고 질투가 날 만큼 지성적으로 보이는 이 퓨전박사 상인보다도 그가 비서처럼 대동하고 온, 서른을 갓 넘겼을까 말까 한 여자에게 관심이 가 있었다. 나는 시가를 끝내 피우지는 않고 가끔 입에

물고 외설스럽게 빨기만 하는 그 변태 취향 철학박사가 아니라, 말수가 적고 어쩌다가 눈이 마주치면 살짝 웃는 게 아주 매력적인 그 여자에게 질문을 던졌다. "한 병에 수백만원 혹은 때로 수천만원 하는 와인을 수입하여 판매하는 데 프리드리히 헤겔의 역사철학을 자크 라캉식 정신분석학 방법으로 해체하고 다시 구축한 퓨전 역사철학이 어떤 도움이 되지요?" 그러자 여자는 발작적으로 학, 학, 학, 웃었다. 기이하게도 몹시 천박한 그 웃음소리가 아주 외설스럽게 들렸다. 여자는 쑥스러워하면서 자기 손으로 자기 입을 틀어막았다. 그녀의 하얀 얼굴이 벌게졌다가 금세 원래대로 돌아왔다. 나는 이 정체불명의 아름다운 여인이 너무나 상투적인 그래서 다 함께 웃음을 터뜨리게 될 아주 뻔뻔스러운 대답을 해줬으면 하고 기다렸다. 그러나 이전에 한 번도 만난 적이 없었던 것처럼 이후 다시는 만날 일이 없을 그 여자는, 그냥 자신의 그 남자를 물끄러미 바라보기만 했다. 나는 눈을 크게 뜬 채 웃지 않고 어느 곳을 가만히 바라보고 있으면 마치 근래에 통보받은 어떤 불치병을 숨기고 있기라도 한 사람처럼 그 자체로 마냥 슬퍼 보이는 그 여자의 얼굴이 매우 마음에 들었다. 그녀는 퓨전박사의 팔짱을 끼며 온몸을 찰싹 달라붙여서 카페를 떠났다. 개 주인이 쩝, 하고 공허하게 입맛을 다셨다. 그렇게 그해 가을이 다 지나갔다고 나는 새로운 담배에 불을 붙이며 생각했다. 개들은 완전히 몰락의 길로 들어섰다. 카프카의 단식 광대처럼 개 주인은 사람들의 기억에서 아득히 사라져갔다. 처음 읽었을 때 어리둥절했고, 두번째 읽었을 때 전율했으며, 그 이후 매번 읽을 때마다 슬픔에 젖게 하는 카프카의 단식 광대처럼 개 주인은 사람들의 기억에서 완전히 사라져갔다. 나는 다시 서울을 떠나 지방으로 내려가 있었는데, 몹시 흐리고 을씨년스러웠던 12월 어느 날 새벽 개 주인이 내게 전화를 걸어왔다. "내가 너무 오래 산 것 같아. 청춘이 이렇게 늙도록 사는 법은 없어." 한참을 더 횡설수설하던 그는 목소리를 가다듬더니 사실은 물어볼 게 있어서 전화를 했다면서 향기씨가 담배를 피울 때 어느 손가락 사이에 담배를 끼웠는지 기억하느냐고 물었다. 이제 와서 그게 왜 궁금한지 나야말로 궁금했으나 꾹 참고는, 알고 보면 모두가 다 모노드라마를 펼치고 있다는 사실을, 어느 누구도 예외 없이, 아주 조직적으로 엮여 있는 집단 속의 인간들조차도, 각자의 모노드라마에 열중하고 있다는 사실을 상기했다. 언제나 연출자도 대본도 없고, 언제나 무대엔 침묵이 흐르고, 언제나 공연은 초연으로 끝나며, 언제나 배우들은 초보들인데, 자신이 자기 무대의 유일한 관객이라는 사실을 모두가 좀체 깨닫지 못한다. 나는 다른 그 무엇보다도 나 자신을 연구하는데, 이것이 나의 형이상학이요 물리학이니, 나 자신이 바로 내가 다루는 물질들의 왕이기에, 나는 그 누구에게도 변명할 필요가 없다고 몽테뉴는 말했다. 나는 그의 이 당당한 고독과 오기를 존경하고 찬양한다. 몽테뉴처럼 뻔뻔해지지 못하더라도, 누구나 최소한 한 명씩은 자기 무대에 대해서 자기 관객을 가지고 있으니, 바로 자기 자신이 자신의 감독이요 출연자이며 관객임을 깨닫고 단 한 방울의 눈물도 흘리지 말고 기뻐할 일이다. 향기씨가 담배를 피우는 모습은 아주 특이했다. 나는 내가 또렷이 기억하고 있는 대로 왼손 약지와 새끼손가락 사이에 깊숙이 담배를 끼웠다고 말해주었다. 나의 개 주인은 자신도 그렇게 생각했는데 혹시 잘못 기억하고 있는 것일까봐 나에게 물어보았다며 시간을 끌었다. 침묵 속에 가만히 있던 그가 조용히 말했다. "잘 지내, 친구!" 그러고는 전화를 끊었다. 가슴 깊은 곳이 아프기 시작했다. 그곳으로부터 터질 듯한 슬픔이 밀려올라왔다. 나는 방 한가운데 서서 가슴을 움켜쥐었다. 심호흡을 했다. 창가로 걸어가 창호지가 발린 유리문을 열었다. 바깥 어둠 속에 뭔가가 떨어지고 있었다. 방의 불을 끄고 어둠을 응시했다. 물방울 같기도 하고 작은 얼음 알갱이 같기도 한 것들이 먼 곳에서 날아온 희미한 불빛을 희끗희끗 반사하면서 아래로 아래로 떨어지고 있었다. 눈이로구나 하고 자세히 보니 비 같더니, 비로구나 하고 다시 자세히 보니 눈 같은 것으로, 눈도 아니고 비도 아니고 그렇지만 그 둘이 동시에 아닌 것은 아닌, 비 같으면서 눈 같고 눈 같으면 비 같은 진눈깨비였다. 바로 저런 상태가 우리 실존의 실상에 더 가까운 것이겠지, 라는 생각에 나는 너무도 자주 그리고 잘 전율하는 인간답게 또 한번 깊이 전율했다. 우리의 실존 인생은 삶만의 삶도 아니고 죽음만의 죽음도 아니며 삶도 죽음도 아닌 것은 더더욱 아니니, 진눈깨비에서 눈과 비를 따로 분리할 수 없듯이, 삶은 언제나 죽음을 그리고 죽음은 언제나 삶을 자기 앞에 그리고 자기 뒤에, 따라서 언제나 그림자처럼 데리고 있으며 동행하는 것이다. 생도 아니고, 사도 아니다. 오직 생사가 있을 뿐이다. 똑똑 노크 소리가 났다. 심장이 쿵 주저앉았다. 문고리로 두드렸다고 내 머리가 인지했다. 나는 가만히 있었다. 문은 움직이지 않았다. 마음이 변한 것일까. 다해씨? 김가? 박가? 누군가 웃음을 터뜨리는 것 같았다. 개 주인을 보았다. 흉한 검은 얼굴에 씰룩 미소가 흘렀다. 지나가던 바람이잖아. 내 머릿속에서 나의 시체가 말했다. 나는 맥주를 들이켰고, 진눈깨비를 생각했고, 그렇게 또다시 한 해가 다 지나갔다고 생각했다. 해가 바뀌기 며칠 전이었다. 나는 죽음이 정복되어 사라진 지 오래되었고 이제는 오직 삶만의 삶이 있는 것처럼 짙은 화장을 한 채 날마다 비만해져가고 있는 서울로 돌아왔다. 나는 지하에 죽음이라는 거대한 공포를 마그마처럼 품고서 밤마다 흥청거리며 시끄러운 신촌에서, 한때는 카페 개들의 열혈 애용자들이었으나 지금은 그 근처에도 가지 않는, 기억을 잃어버린 척하는 나의 옛 지인들이 송년회를 한다는 첩보를 입수했다. 나는 그 화기애애한 인간 부족의 연말 회합을 이용하여 아마도 개 주인에게는 마지막이 될 무대를, 그로써 그가 편안하게 사라져버릴 수 있을 최종 작별 파티를 마련해주고 싶었다. 나는 검은색의 두꺼운 외투를 마련했다. 그에게 모자를 씌우고 무르팍까지 내려오는 외투의 지퍼를 올렸다. 그리고 버티는 그를 밖으로 끌어냈다. 축대를 따라 터널 같은 좁은 길을 빠져나갔다. 내장 같은 신촌의 뒷골목들을 함께 걸었다. 살아 있는 해골이 그림자처럼 내게 찰싹 붙어서 걸어갔다. 삐걱삐걱 소리가 났다. 뿌연 비닐이 쳐진 환하게 불을 밝힌 돼지고기 구잇집 앞에 이르렀을 때였다. 그가 돌연 허물어지려고 했다. 자기 몸의 기름기를 줄줄 흘리며 뜨거운 불에 구워지고 있는 고기들과 술 취한 남녀 대학생들에게 내가 잠시 정신이 팔린 사이 그가 가느다란 손을 뻗어 부질없이 허공을 움켜쥐려 하고 있었다. 나는 겨드랑이 아래로 팔을 두르고 부축하여 그가 원하는 대로 어두운 골목으로 데리고 갔다. 그는 조심스레 쪼그리고 앉더니 토하기 시작했다. 그는 여러 번 파도처럼 밀려오는 토기를 힘겹게 끌어올렸다. 그의 입에서 나온 것은 아주 적은 양의 맑은 물뿐이었다. 오히려 불빛을 받아 반짝이는 두 눈에서 찔끔찔끔 흘러내린 눈물의 양이 더 많았다. 나의 식욕과 젊은 날의 추억을 자극한 뜨거운 불에 구워진 돼지고기의 고소한 냄새가 그에게는 구역질을 선사했다. 구토를 그친 그가 비닐 너머 생기발랄한 대학생들을 마치 생전 처음 보는 물건들인 양 물끄러미 바라보았다. 그가 좀체 일어서려 하지 않아서 나는 담배를 피우며 기다렸다. 한참이나 지난 뒤에야 그가 일어섰다. 그는 쪼그려앉아 있었던 탓에 무리가 간 발목과 무릎을 한참 주무르며 나를 향해 역겨운 미소를 지어 보였다. 우리는 다시 찰싹 붙어서 걷기 시작했다. 우리는 술과 온갖 안주와 휘황찬란한 조명과 간판과 소음으로 터져버릴 것처럼 부풀어오르고 있는 대학 유흥가의 내장을 관통하여 마침내 벽난로가 있는 그 지하 주점 앞에 도달했다. 그 못지않게 지친 나는 심호흡을 한 뒤에 그를 끌어안았다. "우리의 옛 동지들을 데리고 나올 거야." 나는 그에게 큰소리를 쳤다. 개 주인은 어린아이처럼 나를 꼭 껴안았다. "고마워." 그가 힘없이 속삭였다. "고마워! 고마워! 고마워!" 나는 그 살아 있는 시체를 입구의 깨끗한 나무 바닥에 앉히고 역시 나무로 장식되어 있는 벽에 등을 기대게 한 다음 설명했다. 그가 할 일은 지하로 들어간 내가 조금 뒤에 다시 나타나 미소와 눈짓을 보내면 그것을 신호로 받아들이고 우리가 왔던 길을 되짚어 카페 개들로 천천히 걸어가는 것이다. 그러면 내가 한때는 청춘이었던 그들을, 한때는 개들의 열혈 이용자들이었던 그들을, 마치 기차처럼 그리고 세월이 아무리 흐른다 해도 결코 잊지 말아야 할 곳으로 귀환하는 병사들처럼 당당하게 이끌고 개들로 갈 것이다. 그러면 개 주인은 바로 그 개들의 노란 불빛 아래에서 살아 있는 시커먼 시체 혹은 웃음짓는 하얀 해골처럼 서서 입장하는 한 사람 한 사람과 악수를 나누며 인사를 하게 될 것이다. "안녕? 나는 당신의 죽음이야! 안녕? 나는 당신의 죽음이야!" 나는 몇 계단 내려가다가 돌아보았다.

그가 또 보기 흉한 미소를 지었다. 나는 쭉 계단을 내려갔다. 수십 년째 잘 알고 지내는 여주인이 나를 반겨주었다. 나는 그 사람의 따스한 손을 잡고 흔들었다. 그가 차를 내왔고, 우리는 차를 마시고 얘기를 나누었다. 나는 넓은 홀의 한쪽 구석을 차지하고 있는, 이제 곧 내가 유인해서 데리고 가야 할, 과거의 청춘도 미래의 해골도 시체도 전혀 알지 못하는 척 연기를 하고 있는 그 외로운 고학력 배우들을 구경했다. 내 자리는 안전했다. 현실적으로 그러니까 경제적으로 안정된 소수의 권력자들과, 그들에게 겨우살이처럼 달라붙어서 훗날의 신분 상승을 기다리며 대체로 죽어지내는 다수의 고학력 머슴들을 잘 볼 수 있었다. 세상 모든 일에 대해서 자신을 감추고 바라보면 그 즐거움이 최소한 세 배는 커지는데, 나는 내가 거기에 있는 줄은 꿈에도 생각하지 못하는 그들을 구경하며 즐거워하고 있는 나 자신에게 약간의 슬픈 혐오를 느꼈다. 그들 무리에서 소수자에 속하는 착취자들 대부분은 개들을 한창 애용하던 바로 그 시절에 자천타천의 방식으로 라이선스를 딴 이런저런 논평가들이었다. 하지만 참으로 기이하게도 본격적인 착취의 개시와 더불어 개들을 멀리하기 시작하면서 하나같이 현직을 마감하고 전직으로 변신해갔다. 나는 그 사실이 기뻤으며, 그렇게 기뻐하는 나 자신에게 또다른 약간의 슬픈 혐오를 느꼈다. 이렇게 나는 다른 사람들을 긁고 씹을 때면 언제나, 내가 긁어주고 씹어주는 그 사람들과 조금도 차별하지 않고 나 자신도 긁고 씹는데, 내가 이 세상에서 가장 한심하게 보는 사람들이 바로 남들은 긁고 씹으면서 자신은 조금도 긁고 씹지 않는 자들이기 때문이다. 오래 지체할 수 없었다. 우리의 해골이 기다리고 있었다. 나는 주인 여자와 요약한 서로의 근황을 주고받은 뒤 서두르기 시작했다. 나는 한강의 기적의 나라에 속한 인간이라면 누구나 그렇듯이, 아니 개가 아니라 인간 실존이 되는 순간 누구나 그렇듯이, 나 또한 한심한 속물이라고 솔직하게 인정하면서, 욕쟁이 변태 좌파 난봉꾼 교수와 나에게 자신의 치부를 고백한 턱수염, 그리고 강의 하기와 논문 쓰기를 가장 싫어하는 기타 학자들 및 그들의 비정규직 후배 및 제자들이 부족처럼 모여 있는 곳으로 갔다. 다른 눈들을 의식하여 활짝 표현하지는 못했으나 명백히 진심으로 반가워한 턱수염과, 반사적으로 내 인사를 받고 금세 눈길을 돌리며 냉담해진 좌파 난봉꾼을 비롯하여 나를 알고 있는 사람들과 모르는 사람들을 통틀어 그들 모두가 대체로 부드럽게 나를 맞아주었다. 그러나 내가 시간이 없다면서 짧은 연설을 시작하자마자, 비바람이 치던 그 시절 우리들의 피난처였던 개들이 파멸 직전에 있다고 말하자마자, 좌파 난봉꾼 고단수 배우가 자신을 개새끼로 여기는 턱수염 수제자 배우에게 가르쳐준 그 메스를, 그들 모두가 각자의 주머니에서 꺼내 자신들로부터 나를 절단하여 얼음처럼 분리해버렸다. 그들이 그럴 것이라고 충분히 예상했던 바라 조금도 개의치 않고, 우리들의 다른 이름이라고 해도 좋을 개 주인이 죽어가고 있다고, 개들은 우리의 죽은 청춘이라고 알기 쉽게 도입부를 전개시킨 나는, 알고 보면 우리 모두가 사실은 자기 자신을 살해한 킬러들이라는 사실을 아느냐고 목청껏 도발했다. 계속해서 나는 지금 당장 그곳으로 가자고, 오래전부터 방치되어 먼지와 거미줄만 키우며 망각 속으로 가라앉고 있는 그 시간 속으로 가자고, 그리하여 우리가 너무도 하찮게 죽이고 버려버린 우리의 청춘을 만나자고, 그 살아 있는 시체와 함께 마지막 밤을 보내자고, 이 쑥스러운 애도의 길을 내가 앞장서 이끌 테니 모두들 따라오라고 호소했다. 나는 지하 주점의 웅성거리는 소음을 밀어내면서 마치 오존층처럼 우리들 둘레에 둥글게 자리잡은 적막한 침묵을 잠시 감상한 다음, 저마다 고독하게 홀로 어느 곳엔가 눈길을 고정한 채 입을 꾹 다물고 있는 배우들을 뒤로하고 천천히 지하를 가로질러 출입문을 열었다. 그들에게 시간을 주기 위하여, 그러니까 어떤 자가 앞장을 서고 어떤 순서로 행진할 것인지 결정할 짬을 주기 위하여, 문을 닫고 그 앞에서 일 분쯤 가만히 서 있었다. 나의 시체가 우물 안을 들여다보듯이 고개를 뺀 채 아래를 내려다보고 있었다. 나는 손가락을 딱 튕기며 앞장서 걸어가라고 신호를 보냈다. 희미한 미소를 띤 것 같기도 하고 아주 오래된 고뇌를 내보이는 것 같기도 한 추악한 얼굴로 계속 나를 내려다보던 개 주인은 마침내 눈길을 거두고 힘겹게 자리에서 일어나 비틀대더니 내 시야에서 사라졌다. 나는 일이 분쯤 더 시간을 끌었다. 그리고 계단을 올라갔다. 인파로 북적이는 골목에 서서 뽀얀 입김을 호호 불었다. 이윽고 걷기 시작했다. 시끄럽고 혼란스러우며 찰나의 열정과 종말의 예감이 떠도는 내장 같은 길들을 지나갔다. 이제 막 쉬고 있던 플랫폼을 떠나 먼길을 달려야 하는 열차와도 같이 서두르지 않고 천천히 전진해갔다. 나는 돌아보지 않았다. 어두운 허공에 떠 있는 가지각색의 환한 간판들만 사열하며 나아갔다. 간판들이 뜸해지기 시작했다. 점점 줄어들었다. 마침내 뚝 끊어졌다. 아무것도 보이지 않는 암흑 지대가 이어졌다. 나는 멈추지 않고 걸었다. 단 한 번도 돌아보지 않았다. 저멀리 앞에서 노란 불빛이 희미하게 보이기 시작했다. 카페 개들의 불빛이었다. 나는 멈칫했다. 백 번의 갈등이 내 몸을 흔들어놓았다. 비틀거렸다. 참지 못하여 뒤돌아보고 말았다. 나는 조급했고 참지 못했다. 그러나 고백하자면 그것은 계획된 교활한 조급증이었고 계획된 교활한 인내심이었다. 나는 소금 기둥을 보고 싶었다. 그들이 행렬을 지어 일제히 소금 기둥이 되어버리기를 고대했다. 애통하게도 그런 일은 없었다. 왜냐하면 내가 앞만 보며 지나온 내장 같은 그 여로에 동참하여 따라온 자가 단 한 명도 없었기 때문이다. 나는 그 자리에 멈춰 선 채 가지각색의 환한 간판들이 떠 있는 저쪽의 먼 허공과 암흑 속에 흐릿하게 켜져 있는 노란 불빛을 번갈아 바라보았다. 나는 자동인형처럼 똑같은 그 동작을 백번은 되풀이했다. 희미한 노란 불빛 근처 어둠 속에서 나의 살아 있는 시체가 나를 보고 있었다. 그는 외투를 입은 어둠의 덩어리 같아 보였다. 나처럼 이쪽으로 저쪽으로 번갈아가며 보지 않고 마치 비석처럼 오로지 나만 보고 있었다. 나는 내가 그에게 참으로 잔인한 짓을 했음을 깨달았다. 나는 그들에게도 참으로 잔인한 짓을 했음을 깨달았다. 가슴 깊은 곳에서 울음 같은 웃음이 터져나왔다. 오래오래 분수처럼 뿜어져나왔다. 긴 웃음소리가 마침내 잦아들자 가만히 기다려주던 개 주인은 슬며시 몸을 돌려 카페 안으로 들어갔다. 나는 문득 북극의 심해에 홀로 가라앉은 듯한 차가운 외로움을 느꼈다. 나는 카페로 가지 않았다. 느릿느릿 발길을 돌렸다. 등을 돌렸다. 그리고 해가 바뀌었다고 나는 맥주를 마시고 초고추장에 찍은 마늘과 문어를 먹고 담배에 불을 붙이며 생각했다. 어느 날 공무원 전위시인이 전화를 했다. 통속 동화작가와 함께 카페를 찾았다가 기겁했다고 호들갑을 떨었다. "심장이 멎는 줄 알았어! 딴사람인 줄 알았어! 우리 두 사람을 붙잡고 온갖 말을 늘어놓았어! 무려 다섯 시간 동안이나 붙잡고 고문을 했어!" 이 개 같은 공무원 전위시인은, 입으로는 기겁을 했고 고문을 당했다고 하면서도 마치 집밖에서 진기한 것을 보고 와서 엄마를 붙잡고 떠들어대며 자랑하는 어린아이처럼 신이 나 있었다. 다섯 시간 동안 쉬지 않고 얘기했다면 꽤 많은 내용이 될 터인데 도대체 무슨 말을 하더냐고 내가 묻자 공무원 전위시인은 갑자기 말문이 막혀 어물댔고 그에게서 바통을 넘겨받은 통속 동화작가는 누군가의 어린 시절 이야기부터 요즘 세상 돌아가는 얘기까지 완전히 미친 사람처럼 그냥 오락가락했다고 말했다. 말끝에 통속 동화작가가 웃음을 터뜨렸고 그 웃음 너머에서 들려오는 전위시인의 웃음까지 정확하게 가려낼 수 있었는데, 나는 그들의 웃음에 동참하여 쾌활하게 웃어준 뒤에, 우리의 개 주인이 미친 사람처럼 혹은 횡설수설 혹은 고문을 하듯이 너희에게 했다는 그 말들은 바로 우리가 청춘 시절에 날이면 날마다 끝없이 떠들었던 바로 그 말들이라며 버럭 소리를 질렀다. "그런데도 너희는 그게 무슨 소리인지 통 알아듣지 못했다고? 겨우 미친 사람이 하는 말이나 횡설수설 혹은 고문처럼 느껴졌다고? 이 배은망덕한 개새끼들아!" "어, 이거 이 새끼도 미쳤어!" 통속 동화작가가 웃었고, 공무원 전위시인도 웃었고, 나도 웃었다. "멍멍!" 두 사람이 소리쳤다. "닥쳐!" 나는 전화를 끊어버렸다. 그리고 말했다. "멍멍!" 단 하나의 소금 기둥도 만들지 못한 그 실패한 해프닝 이후 개 주인은 실로 추악하게 허물어져갔으며, 최소한 태양계의 모든 행성과 사물의 운행 전체가 작용한 듯한 불가사의한 어떤 작용으로 인해 자신도 왜 그러는지 모른 채 카페를 찾은 몇몇 사람들은 그런 개 주인의 모습에 지옥을 만난 듯 경악했다. 개 주인은 그렇게 경악한 그들을 한껏 이용했다. 그는 상대가 괴로워하고 힘들어하는 모습을 보여도 전혀 개의치 않고 사냥개처럼 물고 늘어지면서 끝없이 횡설수설 늘어놓았다. 겨울이 가고 대기에 봄기운이 조금씩 느껴지기 시작할 즈음 나는 적막이 흐르는 퀴퀴한 개들을 이따금 찾았으며, 사람들이 들려준 바와 꼭 같이 나의 개 주인이 나를 붙잡고 길고 길게 횡설수설 늘어놓는 것을 지루하게 견뎌야만 했다. 우리 개 주인은 이제 막 자신만의 고유한 언어를 가지기 시작한 어린 청년처럼 크디큰 희망과 때 이른 체념이 뒤범벅된 기묘한 열정을 토해냈는데, 나는 매번 회피하지 않고 그가 스스로 입을 닫을 때까지, 몇 번인가는 그가 지쳐 혼절한 것인지 잠든 것인지 분간이 안 되게 스르르 눈을 감고 입을 다물 때까지 묵묵히 다 들어주었다. 그러나 냉혹히 말하자면 우리 개 주인이 청춘의 어린 내가 풀어놓은 바벨탑 같은 혼란스런 열정의 언어에 진심으로 귀기울여주었던 반면, 나는 단지 그가 내 얘기를 들어주었던 그 모습을 흉내낸 것에 지나지 않았다. 즉, 나는 단지 개 주인의 거울에 비쳐서 떠오르는 옛날의 내 모습을 묵묵히 참아 넘겨준 것에 지나지 않았다. 그러다가 도저히 견딜 수 없게 되면 급한 원고를 쓰러 가야 한다고 거짓말을 하고 도망을 쳤다. 이 세상에 단 한 번도 있어본 적이 없는 새로운 은유와 알레고리를 만들어내려고 분투하는 진지한 문학이 속세의 조롱거리가 된 지도 한참인 이 천치 같은 세상에서도, 저 맹목적인 실용주의에 반기를 들기 위하여 글을 쓴다는 것, 무모하게도 예술에 삶을 바친다는 것이 때로는 효과적인 면죄부가 되기도 한다. 예술이라는 것은 때로 부모와 형제와

일가친척과 친구와 스승 등 모든 존재에 대한 의무적인 사교의 복무를 면제해주기 때문에, 당연히 교활한 예술가들은 그 위선적인 바보들을 속이고 그들의 그 한심한 허영심을 철저히 이용해먹는데, 물론 그 바보들의 우스꽝스러운 허영심에 대응하여, 동물의 한 종인 인간으로 태어나서 예술에 자신을 바치는 사람의 삶 앞에 다른 삶들이 주장할 권리란 없다는 믿음이, 모든 교활한 예술가들이 내심으로 간직하고 있는 깃발이기도 하다. 나는 써야 할 급한 글이 없으면서도 써야 할 급한 글이 있는 소설가를 연기하면서 단 한 번도 들키지 않고 죽어가는 나의 개 주인을 감쪽같이 속여넘겼다. 조그마한 돌팔매 하나로도 풍비박산이 나 뿔뿔이 흩어져버릴 그 조그만 부족의 연말 송년회가 있던 그날 밤, 내가 소개한 우리 개 주인을 마치 전혀 모르는 사람인 양 단 한 사람도 예외 없이 외면했던 그 지하 술집의 고학력 배우들 못지않게 나 역시 참으로 훌륭한 배우였다. 내 연기가 워낙 훌륭했기 때문에 나는 언제나 성공적으로 나의 개 주인을 속였으며 당연히 내가 글을 써야 한다고 하면 그는 나를 붙잡을 엄두를 아예 내지 않았다. 아내에게 친구 아버지의 죽음을 팔아먹고 딴짓을 하는 사내들처럼, 나는 내 연기력을 철저히 이용해먹었으며, 세상 어디에도 없는 엄청난 문제작을 쓴다면서 그를 피했다. 나는 카페의 문을 열었다. 문고리에서 소리가 났다. 분명 이 소리를 들었었는데. 지나가던 바람이었나. 문 앞에는 성벽 같은 축대뿐이었다. 밖으로 나갔다. 좌우로 돌아보았다. 흔히 하는 말로, 개미 새끼 한 마리 없었다. 희미한 노란 불빛과 적막, 그리고 어둠과 아마도 문고리를 흔들고 갔을 지나가던 바람의 냄새 같은 것들뿐이었다. 다시 나의 해골을 마주하고 앉으면서 나는 봄비가 내리던 그 풍경을 생각했다. 봄비는 내리다 말다 하면서 며칠간 이어졌다. 천공에서 대지로 추락했고, 대지에서 천공으로 증발했다. 며칠간 그렇게 재주를 부렸다. 비가 그친 뒤 어느 날 한낮이었다. 신촌 세브란스에 병문안을 갔다가 나온 나는 버스에 오르려다가 마치 내가 식물이라도 되는 것처럼, 아직 바람 속에 마치 실 같은 싸늘함이 섞여 있긴 했지만, 따스한 햇살 쪽으로 내 몸이 참을 수 없이 이끌리는 것을 느끼고 그 변심에 감사하며 조금 걷기로 했다. 학교에서 빠져나오는 성질 급한 젊은 친구들을 피해 가며 천천히 걸어서 정류장의 인파를 지나 시야가 탁 트이게 되자 저 앞에서 맑은 햇살이 떨어지는 길을 혼자서 걷고 있는 한 존재가 눈에 들어왔다. 바싹 마른 시체 혹은 해골에 낡은 바바리코트를 걸쳐놓은 듯 볼륨감이라고는 조금도 느껴지지 않는데다, 마치 유령인 것처럼 나 외에는 그 누구의 시선도 끌지 못한 구부정한 그 사내는, 걷는 것인지 제자리걸음을 하고 있는 것인지 알 수 없을 정도로 천천히 움직이고 있었다. 오! 내 입에서 탄식이 새어나왔다. 나는 물론 그 바바리코트를 잘 알고 있었다. 봄볕이 충만하고 대기에 풀냄새가 떠도는 이 봄날의 분주한 거리에 출현한 그는 바로 나의 개 주인이었다. 나는 멈춰 섰다. 사실 많이 놀랐다. 내가 멈춰 서자 마치 기다렸다는 듯 그도 멈춰 섰다. 그는 조심스레 길가의 화단 턱에 앉았다. 나는 사람들이 오가는 길 한가운데 선 채로 그를 지켜보았다. 그가 힘겹게 천천히 고개를 젖혔다. 보기 흉한 얼굴로 파란 하늘을 마주했다. 마치 슬로비디오를 보는 것 같았다. 그 느린 움직임에 슬픔이 북받쳐올랐다. 내 눈에 눈물이 고였다. 나는 그가 보고 있는 같은 마른하늘을 올려다보면서 그 눈물을 말렸다. 그때 길 건너편에서 점점 커져가는 이질적인 소음이 들려오기 시작했다. 눈길을 돌리니 철길 아래 통로를 빠져나온 일단의 시끄러운 무리가 거리의 모든 시선을 끌어모으고 있었다. 그들은 군복과 빨간 모자와 선글라스로 자신들의 정체를 드러낸 우리의 위대한 독재적 근대화의 자칭 타칭 아버지들이었다. 그들은 자랑스러운 우리 건국 이데올로기의 값싼 엑스트라들로서 맡은 바 배역의 충실한 연출에 돌입하여, 건너편 대학에 적을 두고서 분에 넘치는 월급과 연구비를 타먹고 있는, 자기들에게 비판적인 한 지식인에 대해서, 이 축복받은 압축 근대국가의 안락이 싫으면 우리 북쪽에 있는 지옥으로 가라고 고래고래 소리를 지르기 시작했다. 그것은 아주 추악한 무대였다. 그것은 그 자체만으로도 충분히 추악했다. 나는 그 엑스트라들을 악용하는 자들을 생각했다. 이 이른바 압축 독재 선착순 초고속 근대화의 성공을 자화자찬하기만 하는 돼지 같은 번들거리는 얼굴의 소유자들을 생각했다. 보이지 않는 배경에 숨어 있는 그들로 인해서 그 무대는 더더욱 추악하고 도착적인 것이 되었다. 지식인을 조롱하고 위협하면서 대낮의 거리를 활보하는 저질 폭력을 용인하는 것이야말로 반근대의 극치라고 해야 할 것이다. 나는 한강의 기적의 나라가 탄생시킨, 그 홍소를 금하기 어려운 도착적인 광경 속에 함몰되어서 나의 개 주인이 극히 만족스러워하며 크하하하 웃고는 그만 죽어버리기를 간절히 바랐다. 물론 그것은 헛된 희망이었다. 그는 쉽게 죽을 자가 아니었다. 나의 살아 있는 시체는 비웃음조차 품기 싫을 정도로 너무나 추악한 그 도착적인 퍼레이드에는 조금도 신경을 쓰지 않았다. 그는 나지막한 바윗덩어리에 등을 기대고 고개를 뒤로 젖힌 채 하늘만을 보고 있었다. 마치 자기 몸을 말려서 스스로 미라로 만들려고 하는 미친 사람 같은, 바바리코트를 걸친 그 시체 혹은 해골은 내가 나타난 것을 알아차리고 내가 자기 곁으로 와서 다정하게 어깨동무를 하고 함께 앉아 다시 동행해주기를 꿈꾸는 듯이 보였다. 그래서 늙고 병들고 추악해져서 스스로에게 분노한 내가 내 머릿속의 모든 고유한 내 몫의 성찰들을 이끌고 파멸하여 무가 될 때까지 내 온몸에 찰싹 달라붙어서 날마다 깊디깊은 슬픔에 젖게 만들고 싶다고 고집을 부리는 듯이 보였다. 아, 하지만, 친구, 아니다. 나는 이제 너를 놓아줄 것이다. 더는 너와 마주하지 않을 것이다. 더는 네가 나를 물고 늘어지는 것을 용납하지 않을 것이다. 나는 너를 버릴 것이다. 굿바이! 나는 담을 터놓은 학교 안으로 들어갔다. 그 동작으로써 단호하게 그를 피했다. 만약 옛날처럼 캠퍼스가 담으로 막혀 있었으면 뒤돌아서서 성큼성큼 걸어갔을 것이다. 그러나 그렇게 했음에도 나는 그를 잊지 못했다. 그렇게 나를 연출한 뒤에도 나는 그를 버리지 못했다. 잊지 못하고 버리지 못하여 급기야 다시 개들을 찾았다. 개들을 찾아 밤을 지새웠다. 밤을 지새우며 긴 독백을 이어간 끝에, 로스트로포비치가 연주하는 바흐의, 주제와 변주가 끝없이 이어지는 강력한 의지의 첼로 선율을 따라 흥얼거리다가, 그를 위해 내가 만든 마지막 안주의 마지막 한 조각을 입에 넣으며, 죽음을 기다리는 가녀린 숨을 쉬고 있는 그를 바라보고 있었다. 그는 식은땀을 흘렸다. 콧구멍과 목구멍으로 약한 쉿소리를 냈다. 마치 나를 조롱하는 듯 야릇하고 추악한 미소까지 띠고 있었다. 자, 이제야말로 작별하자! 이제 더는 실패하지 말자! 나의 새책 신촌의 개들을 들고 찾아온 지금이야말로 모든 무대의 막을 내려야 할 때이다. 이미 오래전에 사멸한 내 청춘과 완전히 작별해야 할 때이다. 더이상 아무에게도 환영받지 못하는데 무엇 때문에 계속 존재하려 하는가. 떠나라, 친구! 완전히 사멸해버려라! 나는 지갑에서 돈을 꺼내 탁자에 놓았다. 심호흡을 했다. 정체불명의 어떤 식물이, 꽃과 줄기와 잎 들이 수놓여 있는 이불을 보았다. 오래도록 바라보았다. 그것을 끌어당겨 살아 있는 내 시체의 얼굴 위에 덮었다. 그가 손을 뻗어 이불을 걷어냈다. 몹시

느려서 한참을 기다려야 했다. 얼굴이 공기중에 드러나자 길게 숨을 내쉬었다. 나는 다시 덮었다. 그가 또 천천히 손으로 걷어냈다. 나는 다시 덮었다. 그가 또 걷어냈다. 백 번을 덮었고, 백 번을 걷어냈다. “언젠가 나도 따라갈 거야!” 지친 내가 말했다. 그의 추악한 얼굴에 교활하고 슬프고 흉한 미소가 흘렀다. 나는 백한번째로 이불을 덮었다. 그가 또 걷어내려 했다. 이제 허용하지 않았다. 나는 손바닥을 쫙 펼쳤다. 이불 위로 입과 코를 틀어막았다. 오래 걸리지 않았다. 내가 그를 죽였다. 킬러의 대열에 합류했다. 이불을 걷자 얇은 빛이 어른거리다 사라졌다. 레퀴에스카트 인 파케! 나는 출구를 향해 고양이 걸음으로 움직이면서, 그야말로 언젠가 그때가 되어 내가 정신의 안과 밖이 구분되지 않는 카오스 상태로 급격히 허물어져가다가 마치 촛불이 꺼지듯 소멸해 사라지는 순간을 상상했다. 그때가 되면 나는 원래 아무것도 없는 것이 인생이라는 사실을, 결국에는 티끌조차도 없는 것이 인생이라는 사실을, 이미 잘 알고 있는 그 진실조차도 전혀 알지 못하게 될 것이다. 그것은 얼마나 완전할 것인가! 바흐의 우울한 불굴의 첼로 선율이 요동치는 개들에서 빠져나온 나는 성벽처럼 높은 축대 앞에 서서 노란 간판을 올려다보았다. 좁은 시내 같은 길게 흐르는 건축물 사이 허공으로, 어린 시절 그지없이 기쁜 마음으로 쳐다보았으나 오래전에 이미 우주의 암흑과 침묵을 일깨우며 나를 그지없이 고독하게 만들었던 별들이, 도저히 믿을 수 없을 정도로 많은 어마어마한 별들이 나를 내려다보고 있었다. 한 손에 나의 책 신촌의 개들을 든 채 나는 그 별들의 강물을 따라 흘러가다가 추악하고 역겨운 썩은 내장 같은 어두운 골목들을 지나 인적이 끊어진 황량한 큰길에서 택시에 올랐다. 집으로 돌아온 나는 오랫동안 죽은듯 잠들어 있었다. 다시 깨어나서 꺼놓았던 전화기를 켜보니 간밤에 우리 개 주인이 떠났으며 신촌 세브란스병원 장례식장에 빈소가 마련되었으니 거기서 보자는 내용의 문자가 각각 다른 킬러들로부터 백 통이나 들어와 있었다. 나는 그곳에 가고 싶은 마음이 조금도 없었다. 전혀 없었다. 티끌만큼도 없었다. 나는 실제로도 그곳에 가지 않았다. 결단코 가지 않았다.

우리가 청춘을 죽였다.

작가의 말

이 작품은 죽음의 여정에 든 고령의 아버지와 동행하던 시절에 쓴 것이다. 아버지의 마지막 날들과 직접적인 연관은 없지만, 시간의 열매인 성장, 즉 몰락과 죽음을 얘기하고 있다는 점에서는 강한 연대가 있다. 더불어, 자기 몫의 삶을 마감해가는 아버지를 지켜보던 나의 무의식이, 내 청춘(들)의 죽음을 뒤늦게 애도하려고 했던 것 같기도 하다. 이 웃기고 울적하고 신랄하게 연출한 심야 모노드라마를, 독자들은 각자의 성향과 취향에 따라서 희극적으로도, 우울하게도, 힘겹게도, 통쾌하게도 읽게 될 텐데, 참고로 말하자면 나는 희극적으로, 우울하게, 힘겨워하면서, 통쾌하게 썼다. 지금 청춘인 모든 청춘들에게, 그리고 한때 청춘이었던 모든 청춘들에게 이 작품을 바친다.

2015년 9월

이상운

문학동네 장편소설
신촌의 개들

초판인쇄 2015년 9월 8일
초판발행 2015년 9월 18일

지은이 이상운
펴낸이 강병선
책임편집 황예인 | 편집 정은진 김내리 | 디자인 김현우 유현아
마케팅 정민호 나해진 이동엽 김철민
홍보 김희숙 김상만 한수진 이천희
제작 강신은 김동욱 임현식 | 제작처 영신사

펴낸곳 (주)문학동네
출판등록 1993년 10월 22일 제406-2003-000045호
주소 10881 경기도 파주시 회동길 210
전자우편 editor@munhak.com | 대표전화 031) 955-8888 | 팩스 031) 955-8855
문의전화 031) 955-3576(마케팅) 031) 955-2656(편집)
문학동네카페 http://cafe.naver.com/mhdn | 트위터 @munhakdongne

ISBN 978-89-546-3761-9 03810

* 이 도서의 국립중앙도서관 출판예정도서목록(CIP)은 서지정보유통지원시스템 홈페이지(http://seoji.nl.go.kr)와 국가자료공동목록시스템(http://www.nl.go.kr/kolisnet)에서 이용하실 수 있습니다.(CIP 제어번호: 2015024379)

www.munhak.com